读客外国小说文库

熊猫君激发个人成长

我的隐藏人生

[巴西]玛莎·巴塔莉娅 著
龚沁伊 译

Martha Batalha

A VIDA INVISÍVEL DE
EURÍDICE GUSMÃO

文汇出版社

献给胡安，自四本"尤莉迪丝"小说创作之初，他便给予我无条件的信任。

献给我的父母，他们远超血缘关系的陪伴，见证从未缺席。

献给人们所能遇到的最佳葡语老师：索尔维格，那个12岁的女孩终于能再次感谢您的教导。

亲爱的读者：

这本书中的许多故事并非虚构。因为西班牙流感肆虐，里约热内卢城内一度尸横遍地。玛丽娅·丽塔口中吟诵的诗篇借鉴了奥拉夫·比拉克的作品，而女诗人将自己反锁在房内后，《商业日报》也确实刊登过一则讣告。

里约曾有一个吝啬的法国书商，他死后没给妻子留下一个子儿，将财产悉数转至兄弟名下。像书里图庞啤酒的创始人一样，现实世界里中也有一个穷苦青年靠啤酒生意发家致富（这个青年就是我的曾祖父）。而我赋予青年的奇特结局，其实出自路易斯·埃德蒙多[1]的回忆录。

海特尔·科尔代鲁，贝贝·席尔维拉和劳尔·雷吉斯是巴西新共和国初期附庸风雅的绅士。埃内斯托·拿萨勒没有自己的钢琴，他总在朋友家或卡里奥卡大街的乐器店内练习。海特尔·维拉-罗伯斯为宣讲合唱艺术奔走于里约的大小学校间。据我祖父所言，塞莱斯蒂诺·席尔瓦市立小学里真的有一位非常和蔼可亲的老师。

---

[1] 路易斯·埃德蒙多（Luís Edmundo, 1878—1961），巴西著名记者、诗人、专栏作家、剧作家。

但这本书中最真实的部分是主人公尤莉迪丝和吉达的一生。即便今日，你们仍能看见与她们相似的身影。这些身影出现在圣诞聚会上，大部分时间窝在沙发里，手中捏着餐巾。她们是第一批到的，也是第一批走的。她们对鳕鱼球的味道评头论足，抱怨天气太热或下雨太多，偶尔忍不住偷尝一口葡萄酒，但胆子小得很，从不敢多喝。她们会问你最近和丈夫处得怎样，侄孙女是否有男朋友，有没有计划再给她添个小侄孙。她们中的一些需要被搀扶上餐桌，面对令人垂涎的火鸡排也提不起胃口。另一些看到甜点时两眼放光，毕竟谁不喜欢烤吐司呢。晚餐后，她们被搀扶回沙发，笑眯眯地望着孩子们拆礼物，仿佛正透过一张张充满生气的脸庞，回味自己以往的青葱岁月。

尤莉迪丝和吉达的原型是我的奶奶和外婆，或许，也是你们的。

1

尤莉迪丝·古斯芒和安德诺尔·坎佩罗结婚后，她对姐姐执著的思念渐渐消退了。当听到趣事时她已能扯出一抹笑，也能连着读两页书不抬头，不走神去想吉达彼时究竟在哪里。她仍没放弃寻找，继续检视着街上每一张女性面孔，甚至有一次她十分确定在开往维拉伊莎贝尔街区的电车上看到了吉达，可不久这份笃定便再次动摇，与之前所有落空的期待无异。

没人清楚尤莉迪丝和安德诺尔为什么结婚。一些人相信这场婚姻缘于若泽·萨尔维亚诺和马努埃尔·达·科斯塔这两位适龄男士已有婚约。另一些人则将这对夫妇的结合归咎于安德诺尔生病的姑妈，她已虚弱到无法再用特制的薰衣草皂为侄子洗衣，也无法神不知鬼不觉地将煮至透明的洋葱块混进鸡汤。她的小诺尔喜欢这玩意儿的味道却厌恶它生脆的质地，只消一小块藏在大豆饭里的洋葱便能让他一下午不停地灌苏打泡腾片以压制打嗝儿和胃部不断上涌的恶心。当然，也有人认为尤莉迪丝和安德诺尔彼此相爱，只不过这所谓的爱仅是海军俱乐部假面舞会上那曲双人舞间的三分钟炙热罢了。

事实上，他们在宾客满座的教堂里结为夫妻，并回到新娘家举办婚宴。宴席准备了两百个鳕鱼球，两板箱啤酒和一瓶在切蛋糕祝酒时用的香槟。身为小提琴教授的邻居演奏贺曲，所有凳子被推至墙边，以便爱侣们随时舞上一曲华尔兹。

婚宴上姑娘甚少，因为尤莉迪丝本就没什么女性朋友。环顾四周，只看见两位还算年轻的姨妈和两个女邻居，一个欠缺魅力，另一个散发着生人勿近的气息。而全场最漂亮的姑娘当数客厅相框中的那个。

"照片里的女人是谁？"新郎的某位朋友问道。

安德诺尔闻言轻搡友人，示意他不要做如此无礼的打探。碰了一鼻子灰的小伙尴尬地四下张望，来回打量手中的酒杯，不一会儿，将啤酒搁上桌，朝客厅另一端走去。

质朴的婚宴在简单的仪式后顺利结束，但接下来的蜜月并不平静。当看到床单上并未出现预想中的落红时，安德诺尔瞬间血气上涌。

"你死去哪里鬼混了？"

"我没有。"

"哈，还嘴硬。"

"没有，真的没有。"

"别装了，你难道不知道这上面该有些什么吗！"

"知道，我知道，姐姐和我说过。"

"荡妇！我竟然娶了个荡妇。"

"求求你别这么说，安德诺尔。"

"呵，我偏要说，我想说几遍就说几遍。荡妇，荡妇，荡妇！"

尤莉迪丝独自躺在床上，方才那一声声响彻街道的荡妇仍冲撞着耳膜。她几不可闻地呜咽起来，将身体蜷缩进毛毯，腿间的疼痛慢慢往上爬，箍紧了她的心脏。

随后的几周，情况趋于缓和。安德诺尔打消了退婚的想法。这个女人知道如何在食物里隐藏洋葱，熨烫也很拿手，话不多，屁股又圆又翘。最重要的是，新婚之夜的意外令她变得低眉顺眼，丈夫使唤妻子的舒爽让他很受用。尤莉迪丝顺从地接受了一切，她时常觉得自己一文不值，当让人口普查员在调查表的职业一栏填上"家庭主妇"时，她都能感到那人的不屑。

塞西莉娅在他们婚后九个月零二天来到人世。一个笑嘻嘻胖乎乎的女婴。他们为她办了欢迎派对，所有亲朋好友都交口称赞：真是个漂亮的女孩！

阿方索在次年来到人世。一个笑嘻嘻胖乎乎的男婴。他们为他办了欢迎派对，所有亲朋好友都交口称赞：可算来了个男孩！

在不到两年的时间内将家庭成员翻倍，尤莉迪丝觉得是时候从婚姻的生理义务中解脱了。周六闲暇晨光的枕边以及平日夜里九点后昏暗的床笫间，她以身体各种不适为由推拒着安德诺尔的亲热，试图向他解释自己的决定。可安德诺尔照旧我行我素，他对"不要碰我"之类的絮叨充耳不闻，急切地拉扯女人的衣衫，将鼻子埋入她瓷白的颈项。无奈之下，尤莉迪丝只得另觅他法，她开始不停增重以示抗议，全身的脂肪似乎一齐冲着安德诺尔叫嚣："离我远点！"

每天吃完早饭，十点加一餐，吃完午饭，四点再加一餐，晚饭后九点的宵夜也从不落下，尤莉迪丝的空闲时间就这样被食物填满。菜是太咸？不够甜？还是不好吃？她必须亲自尝尝，尤莉迪丝的下巴就这样长出了三层。一双眼睛被挤小，满头秀发都框不住日益膨胀的脸盘。当她发现安德诺尔再也不愿亲近自己时，终于心满意足地收手，恢复健康饮食，每逢周一清肠，并去掉所有加餐。

尤莉迪丝的体重和古斯芒·坎佩罗一家的生活一同步入正轨。安德诺尔出门上班，孩子们出门上学，尤莉迪丝关上门待在家中，将肉块和所有使生活变得不快乐的无谓想法一并炖煮。她没有工作，也不用念书，谁能告诉她，那些整理完床铺，浇灌完花草，打扫完客厅，清洗完衣物，腌渍完大豆，焖烩完米饭，烤完舒芙蕾，煎完牛排后的漫漫时光究竟该如何度过？

问题是，尤莉迪丝向来聪慧。给她一堆精确的数据她能设计大桥，给她一间实验室她能发明疫苗，给她一沓白纸她能写出文学名著。但如果给她一盆脏内裤呢？当然她能洗得又快又干净，随后坐在沙发上，盯着指甲，再次思考起人生来。

是时候结束这些胡思乱想了。为了不再纠结，她必须每天每时每刻保持忙碌。所幸，琐碎的家务中还有能让她乐此不疲的活动：烹饪。尤莉迪丝永远不可能成为工程师，也不会踏进实验室半步，更不敢执笔写作。而此刻，她正全身心地投入这项活动，一项融合了工程、科学与诗意的活动。

每天早晨，起床，洗漱，准备餐食，摆脱丈夫和儿女后，尤莉迪丝便迫不及待地翻开《帕尔米拉太太厨房秘籍》。晚饭吃橙子鸭不错，瞥了眼家中匮乏的食材，她套上连衣裙往家禽市场走去。挑选好一只健康的鸭子，顺道再买只鸡，因为鸭子要在红酒和香料里浸泡一整夜，今晚吃什么便成了难题，可天知道她尤莉迪丝就需要挑战。提着肥嫩的鸭子和胸脯丰满头顶红冠的鸡，她又去集市捎上一袋橙子，一些撒在玉米面蛋糕上的椰子脆片，几个为烤牛肉增味的西梅，还有一打当塞西莉娅和阿方索搅着餐盘里的食物大喊"我不喜欢吃这个"时将他们塞饱的香蕉。

到家后，尤莉迪丝麻利地捆住鸡鸭脚，割开它们的喉咙扔进水池放血，转身扎进其他繁冗的家务里。血放尽时，她用沸水将家禽汆烫两分钟，在肉身还温热时拔毛，最后拿点燃的纸把表皮上剩余的小杂毛烧落。如果需要整只焗烤,尤莉迪丝会在鸡肚子上拉一道口,小心地掏出肠、胗、肝、心,如果本就准备分食,她会爽气地挥刀将它一劈为二。

配菜当然不能少。简单的炸薯条从不会被端上餐桌。尤莉迪丝将土豆用芝士和火腿塞满,整个下锅炸至金黄,或是切片裹上奶油后送进烤箱焗成瑞士薯饼。白米饭多单调,葡萄干、豌豆、胡萝卜、番茄酱、椰奶,所有帕尔米拉太太食谱中建议的材料她都往饭里拌。如果时间充裕,还要精心准备甜品:淋着梅子酱的奶冻,好看的蛋白糖霜瀑布,奶香四溢的椰子糖。尤莉迪丝在厨房中忙得热火朝天,直至她填满手边每一个餐盘,斟满桌上每一只酒杯。

然而女主人的烹饪技巧并未得到其他家庭成员的认可。阿方索和塞西莉娅只会敲击盘子大唱意大利面颂歌,安德诺尔也并不在意鲈鱼是不是配了续随子酱。"给我好吃的意面!"孩子们闹着。"牛排煎得透些!"安德诺尔吩咐道。尤莉迪丝只得重回厨房,一边开锅煮面,一边准备没有蘑菇的菲力牛排。一两顿简单的晚餐后,这位不甘心的少妇再次拿起食谱,继续倔强地捣腾。当她端着盛满内脏和虾仁炖煳的南瓜盅出现在餐桌前时,所有人不得不假装惊叹:"这海鲜饭看上去可真美味!"

尤莉迪丝将秘籍里的菜谱全部尝试完毕后,"为什么不来点创新"的念头让她跃跃欲试,帕尔米拉太太的确经验丰富,但并非无所不晓。尤莉迪丝时常暗自琢磨：木薯奶浆能不能让干柴的肉质变嫩滑？炸鸡块配上番石榴酱怎么样？那种不知名的咖喱或许能代替木薯粉？某个周四上午，她套上连衣裙往街角的文具店走去。

"早上好，尤莉迪丝。"

"早上好啊，安东尼奥。"

"需要些什么吗？"

"一大本内页有横线的笔记本。"

安东尼奥指了指架子上一堆黑色的硬封皮笔记本。尤莉迪丝愉快地挑选着，安东尼奥愉快地看着她挑选。或许因为整个童年被名叫西卡·德·热苏斯的健硕女人，那个在他母亲忙于参加里约各式沙龙时照顾自己和兄弟姐妹的黑人女佣所占据，安东尼奥看到尤莉迪丝的第一眼便沦陷了：她是如此柔软丰富。他喜欢她的眼睛，翘挺的鼻子，小小的一双手，垂在胸前的圆盘挂坠，莹润的脚踝，目之所及，她的一切他都喜欢。

尤莉迪丝站在架子前犹豫不决，这笔记本将记录自己所有的创意菜谱，她一定要从眼前的纸张中选出最好的那沓。第一本有一页皱烂，她翻了翻便将它放回原处，另一本因为封面上的污渍被淘汰，第三本总算称得上完美无瑕。她将笔记本交给店里的混血小工蒂诺科，安东尼奥见状凑上前，在等候找零时与她闲聊着天气。尤莉迪丝不知道，她关于一场雨的抱怨会成为那个男人一周中最幸福的时刻。

回家的路上她愉悦地哼着小曲,可当耳畔突然响起一声"早上好啊,亲爱的!"时,尤莉迪丝的好心情瞬间消散大半。

泽丽娅,住在隔壁的邻居,一个愁肠百结的妇人。她并不是洞察一切的圣神,心怀大爱悲天悯人,她更像一头恶狼,瞪着铜铃眼,竖起长耳朵,张开血盆大口,随时准备将整个社区的闲言碎语传遍邻里街坊。泽丽娅还拥有乌龟般的脖颈,每当看到她感兴趣的人从窗前经过时,都能快速地从壳里探出脑袋。她比鸭嘴兽更怪异,而这样的女人之所以没有成为异类是因为,在那个年代在那个地方,有着一群与她不分伯仲的同僚。

"是去给孩子们买文具吗?"

尤莉迪丝攥起袋子紧贴在胸前,疑惑地望向泽丽娅,下意识的动作不知是护着本子还是护着自己。

"早上好,亲爱的。这……这是我买来记录家庭花销的笔记本。"

整个街区的女人都开始为尤莉迪丝和安德诺尔的财政危机叹气。"不然你们以为呢?"泽丽娅煞有介事道,"总能在杂货店里看见她,一个人怎能那么频繁地进出佩德罗之家[1]呢?还有,从他们家厨房里飘出的香味,一股奇怪的异域香调,可不是大豆该

---

[1] 佩德罗之家,1932年成立,里约最大的草药、调味料、谷物和干果连锁商场。

有的味道。你们瞧,这女人为自己的铺张浪费付出了代价。"

尽管无法成为普度众生的圣神,泽丽娅也乐于接受更简单的职责,她自诩先知,能凭借老到的经验作出最准确的预测。然而她所有的论调都带着黑暗色彩,她比《圣经·旧约》中的上帝更残忍。"那个女人迟早会把自己的丈夫搞破产!"她扬起下巴,恶狠狠地裁决道。

*

冰冻三尺非一日之寒,泽丽娅变成惹人嫌恶的鸭嘴兽也并非朝夕之事。一切都要从她的童年说起,曾经予她的赐福最终沦为诅咒。从父亲那里她继承了对新闻敏锐的直觉,从母亲那里她认知到生活只能局限于家庭。这个世界让她心碎,命运拒绝给她更多选择,挣扎间,泽丽娅逐渐养成了家长里短的性格。

当被女人生硬的目光刺伤时你无法想象,她也曾拥有一双毫无恶意的眼眸;当被女人无情的讥笑嘲讽时你无法想象,曾几何时她脸上的笑容就只是单纯的笑容。孩提时代的泽丽娅便是这样的女娃:目光和善,笑颜明媚。有那么短暂的几年,她觉得生活是如此精彩以至于总反感休息拒绝睡觉。"我能听到蟋蟀蛐蛐的叫声,让我来猜猜晚上家里神秘的声响是谁发出的,明天早上要做些什么呢?明天下午玩什么好呢?"她在黑暗中睁着眼睛自言自语，直到疲倦袭上大脑才沉沉睡去。翌日清早，她又是全家最早醒来的那个。

泽丽娅哼唧着爬下床，叽叽喳喳地吃完早饭，从房间的这头跑到那头，她自创舞蹈，亲吻所有人，爽朗地放声大笑。身边的一切都令她快乐——从豆子里挑出石块，将晾衣绳上的干衣服叠好，捣毁天花板旁的蜘蛛网，清扫客厅的角角落落。

女邻居们睨着精力旺盛的姑娘直摇头："真是欠调教的丫头！"但泽丽娅的母亲一笑置之："终有一天她会发现生活并不可能永远这么美好，但这一天不必是今天。"很多年后，每当她看向自己的女儿时，总忍不住怀恋她小时候蹦蹦跳跳的模样。

周六对泽丽娅而言，是和煦的七天中最和煦的一天，是一周里第一次能见到父亲的一天。阿尔瓦罗·斯塔法白天是一名衣冠楚楚的记者，夜晚则变身成放荡不羁的酒鬼。每天当他到家时孩子们早已入睡，每天当他醒来时孩子们早已出门上学。只有周末他才能履行为人之父的义务，在妻子准备午餐时开启他的亲子课堂。意大利人挠挠头，困窘地看着儿女们。阿尔瓦罗会向他们讲述自己撰写过的趣闻和将要撰写的报道，这是他除却写作和酗酒外唯一精通的事。他把泽丽娅抱到一条腿上，将小阿曼多搁在另一条上，弗朗西斯卡坐在他左边，小若昂窝在右边，他吩咐小卡洛斯、朱莉塔和爱丽丝盘着腿席地而坐，随后将房门轻轻带上，以免眉飞色舞地讲述记者生涯时将最小的孩子吵醒。今天他在科帕卡巴纳皇宫酒店采访里约小姐的候选佳丽；明天他又出现在尼泰罗伊，分析一场火灾带来的破坏。一会儿他受邀前往帕绍奥咖啡厅与总统共进午餐，一会儿又掺和中心道路是否需要整顿手推货车的争议。桑托斯·杜蒙[1]收到了朋友们赠送的金匾他要去看一看，山上仁慈耶稣教堂正在举行盛大的庆典他可得瞧一瞧。交通部最新颁布了法令他需要去采访，曼盖一处房屋被大火烧毁他立马赶往现场作实况报道。还有那个在迪雷塔大街上卖艺被捕的瞎子乐手，他可还有一对双胞胎要抚养，刊登这样的丑闻只会让大众对警方的残暴嗤之以鼻！

这是一周中家里为数不多的安宁时刻，除去阿尔瓦罗沙哑的嗓音，只剩下高压锅工作时哧哧的声响。

泽丽娅母亲的预言终究应验了。在经历人生的两场灾难后，那个曾经活泼的女孩消失了：第一次是她父亲的死；另一次是她发现，自己长得真丑。

*

阿尔瓦罗·斯塔法在15岁时便起意成为一名记者。那时他已对里约的大街小巷了如指掌。8岁随同父母从意大利来到巴西，9

---

[1] 亚伯托·桑托斯·杜蒙（1873—1932），巴西航空之父。设计、建造并操纵热气球和早期飞船。1901年因绕埃菲尔铁塔飞行而获得多伊奇·牧德奖，名气逐渐上涨。

岁变成孤儿。没人知道阿尔瓦罗如何学会用葡萄牙语读写，如何逃过饥荒和瘟疫，如何在刺刀下幸免于难，所有的谜团只能用机缘巧合解释，或许一切都是命运的安排。他在尼泰罗伊大桥前贩卖糖果，在电车站旁兜售彩票，擦鞋，擦窗，送报纸，他一边打小零工糊口，一边为某位穿着燕尾服、受人敬仰的先生服务。这位先生每周将阿尔瓦罗带至拉帕酒店的房内，要求他赤身裸体在自己背上行走，同时高声吟唱《我的太阳》。

13岁前他已被捕九次，熟知如何耍弄刀片，还是个令人战栗的卡波耶拉[1]舞者。疲于人生的起伏，阿尔瓦罗感到是时候安定下来了，于是，他开始探索自己的"职业规划"，试图在一份本地工作中获得升迁。不久，他从一个卖报小行家摇身变成了新闻编辑室的小职员，令人振奋的进步！生平第一次，阿尔瓦罗在有屋顶的场所里上班！

这次晋升来得不早不晚。几个月后，裸体歌者阿尔瓦罗被辞退，因为疯涨的体重已不允许他再次踩上燕尾服先生的背脊。当然他也享受到诸多好处，拥有了一张私人书桌。每当没有工作时，他便坐在桌前看一下午的书。

好日子在1918年的冬天到了头，西班牙流感开始在这座城市肆虐。起初是这里一例那里一例，很快演变成这里一堆那里一堆。

---

1 卡波耶拉，又称巴西战舞，一种于16世纪由巴西的非裔移民所发展出的介于艺术与武术之间的独特舞蹈。

十月中旬，超过半数的里约人病倒了。某个周三上午，只有新闻编辑阿尔瓦罗和印刷工卡梅里诺·罗沙出现在工作室里。卡梅里诺看向坐在桌后的青年，询问他是否会写报道，丢下一支铅笔和一沓记事本便将他遣上大街。

阿尔瓦罗在里约城内游荡了三个小时，看到极度痛苦的病人大口吐血，孩子们抱着已经没有呼吸的母亲念念有词。神志不清的病人被驱逐出自己的家，长胡子的神棍预言世界末日即将来临。紧闭的窗户后传来尖锐的嘶吼，阿尔瓦罗徒劳地数着遍布街头的横尸。每当快数清时，又有新的病人倒下。市政厅的马车载着没有呼吸的肉体驶向墓地，一离开，源源不断的新尸体便又在门槛前堆起。这些人死后都必须和时间赛跑，每天都在被不停开挖的公共墓地里争抢一隅黄土。

这些成了阿尔瓦罗循环往复的日常：踏进工作室，抓起铅笔和本子，出门记录人间惨剧，带着远超报纸版面的故事归来。他似乎对疾病免疫，生理上的原因不明，心理上是因为他曾亲眼目睹罹患黄热病的一家老小在自己面前死去。

当从流感中幸存的记者们回到新闻编辑室时，他们看见阿尔瓦罗正坐在打字机前，除去周末和圣诞节，每天都钉在同样的地方好几个小时，直至他死的那天。

阿尔瓦罗是怎么死的？传言有两个版本。第一个是他突然感觉无比口渴，口渴到开始为自己的人生事宜重新排序。阿尔瓦罗·斯塔法结婚前，理发，过生日，早餐吃了什么都是些无须在意的小细节，一些用来填满休息时间的琐屑。写作，讲述自己写了什么，喝一杯以便更好地讲述自己写了什么及将要写些什么才是头等大事。而对于婚后极度口渴的阿尔瓦罗·斯塔法而言，生活的当务之急变成了——为维持婚姻喝一杯，理发前喝一杯，理发后喝一杯，去生日派对喝一杯，喝高了就继续讲述他写过些什么，将要写些什么。现在，周末故事经常说到一半便戛然而止，那起发生在迪亚斯达克鲁兹大道上的可怕电车事故中四名幸存者最后的结局因为阿尔瓦罗突然涌上的困意最终成谜。大儿子喊不醒他，泽丽娅摇不动他。阿尔瓦罗只给故事开了个头就昏昏欲睡，他试图睁开奄拉的眼皮但没有成功。于是，谁也无从得知，在那起电车事故中除去一名拉丁语教授，还有哪些人丢了性命。

每天早上带着一身酒气，晃晃悠悠地走进新闻编辑室，在卡梅里诺的叹气声间掏出那些德国默克实验室出品的可卡因，那些于荣耀酒店后山坡黑市里售卖的纯货，阿尔瓦罗深深吸上一口，这才清醒几分。

男主人的转变可以从家里的储藏室中窥见一斑。它曾经循规蹈矩：每月初满满当当，每月末空空如也。但口渴的阿尔瓦罗出现后，它每天都是间月末储藏室：一把面粉，一些糖渣，几粒豆子，一颗洋葱，还有一根不知如何从孩子们的饥饿中幸存下来的香蕉。穷途末路的绝望感逼着所有家庭成员思考，他们是否已真的如此穷困潦倒，不济到必须靠半烂的水果果腹。

35岁的阿尔瓦罗·斯塔法死于肝硬化。那些相信这版死因的朋友在葬礼上唏嘘不已，为这位恶习成瘾，最终被夺走生命的巴西天才扼腕叹息。

坊间还流传着第二个版本。阿尔瓦罗，这个曾经刚正不阿，白手起家的年轻人，被现实生活压弯了脊梁，虽然婚姻让他重回正轨，但小伙子仍免不了在底线边缘徘徊。阿尔瓦罗喜欢市井，喜欢和街边的混混搭讪，更爱极了巷尾那些穆拉托[1]女人。他时不时勾搭一个，尽兴后离开，若无其事地回归家庭生活。

就这样，某个周二，盘算着如何猎艳的男人遇见了那个桑巴舞女，她正在狂欢节"别碰布丁"[2]方阵的队伍中舞动。牙齿是那般耀白，几乎和眼白一样白，虽然没人能看到她的眼球。小玫瑰双目紧闭，笑容明艳，来回扭动翘臀，恣意欢舞。阿尔瓦罗被破天荒的引诱击溃，眼前这个女人的屁股简直是两瓣有性格的灵肉！浑圆，紧实，坚硬，让人无法抗拒。

他花了三个月在小玫瑰的出租屋里摸清了她屁股的个性。整个午后，这对爱侣疯狂地交换彼此的体液和誓言。耳鬓厮磨间，小玫瑰勾得男人呢喃起意大利语情话，阿尔瓦罗则对那具跃动的裸体情难自已。姑娘全心全意地投入这场爱恋，阿尔瓦罗身下的

---

1 穆拉托人，血统分类上的一种惯称，特指黑人与白人的混血。
2 Tira o Dedo do Pudim，里约狂欢节大游行中一个以幽默滑稽风格闻名的方阵。

大家伙全心全意地投入这场爱恋。

直到某天,男人提上裤子带着他的意大利情话决绝地离开了出租屋。妻子已从生产中恢复,他不必再靠外面的女人满足生理需求。阿尔瓦罗用一种叔伯长辈的姿态和小玫瑰告别,他知道自己不会,也不想和这个女人再有任何牵连。

摆在面前的事实让小玫瑰难以置信:自己居然被抛弃了!她砸碎花瓶,剪烂衣服,吞下老鼠药寻死觅活。很快,女人便消瘦得不成人形,连带着阿尔瓦罗最爱的肥臀也不复存在。眼袋爬上面庞,头发蓬乱打结,最终,那份在迪雷塔大街小酒馆做服务生的工作她也没能保住。

故事一般到此就结束了,以少女独自咀嚼初恋的苦涩为结局,如果小玫瑰不是巴巴劳·奥卢奥·提特之女的话。巴巴劳·奥卢奥·提特,里约最受崇敬的巫师之一。他位于维拉达佩尼亚的住所每天都要接待大批来自全国各地的重量级政客。从博塔福古驶来的马车在大门前停下,用帽子挡着脸的绅士和拿扇子遮住面的淑女从中款款走下。奥卢奥·提特能让人起死回生,能用冥文与逝者交流,能通灵,能呼风唤雨。

不忍看到女儿终日浑浑噩噩,奥卢奥做了每个父亲都会做的事情:他紧握拳头,发誓要让那个意大利渣滓永世不得超生。这对巫师而言简直是小菜一碟,奥卢奥杀掉一头牛,并让小玫瑰拿来她和阿尔瓦罗一同滚过的床单。他将女儿裹进满是血污的布料，口中念起没人能听懂的咒语。整个周末，卡丽丽山丘上的鼓声响彻天空。

周一，阿尔瓦罗开始酗酒。

小玫瑰的恨意太强烈了，她父亲的法术太高超了，那道被强加在阿尔瓦罗身上的诅咒很快牵连到所有他播下的种，毁掉了八个子女和里约北部十六个私生子的生活。

父亲过世的当月，若昂也凄然死去。男孩弓着背躺在阿尔瓦罗空荡荡的床铺上哭了三天三夜，直至因为悲伤过度咽下最后一口气。两周后，弗朗西斯卡被诊断为骨髓灰质炎，再也无法站立行走。

寡妇和遗孤们不愿再回想那几个月的赤贫，13岁的卡洛斯早早便挑起养家糊口的重担。当桑塔纳公园的树懒被发现无故失踪时，这一家人正大口吞咽着风味奇异的珍馐美馔。

不久，他们被住在班古工人社区的亲戚收容，像数学集合概念中的子集那样，搬进一栋有五个房间和一个卫生间的屋子——外墙上挂着耶稣基督画像保平安，院子里种着芒果树，母鸡满地乱跑。泽丽娅全家挤在一间房内，每天享有最后使用卫生间的权利。

泽丽娅初到舅舅家时，她将蓝封皮笔记本视如珍宝。那是父亲送给她的礼物，那时的爸爸还不会总感到口渴。"你可以用它记录对世界的看法。"阿尔瓦罗笑道。泽丽娅接过笔记本，亲昵地搂住父亲的脖子，双眼轻合，感恩上帝赐予她如此美满的家庭。起初歪歪扭扭的几行字逐渐进化成精美的段落，吐露出少女玲珑的心思。泽丽娅小心翼翼地将她唯一的财产藏进床单，直到一天被表兄发现，在晚饭餐桌上高声朗读了其中几段。大家"咯咯"的笑声钻进泽丽娅母亲的耳朵，让压抑已久的妇人彻底爆发。她护着女儿，严厉地批评起侄子。然而，可怜的女人立马就被自己的哥哥回击："你以为你们是谁，一群寄生虫！"

后来，当泽丽娅离开舅舅家时，小蓝本早已不知所终。她把它扔进垃圾桶，仿佛这样便能将表兄的讪笑声一同抹去。她不再需要它了，那里面记录的只是她的胡言乱语而已。

泽丽娅能够忍受困苦。她不介意打补丁的衣服，接受二手内裤。一双鞋能反复穿好几年，起先它们太大了，后来它们变得挤脚。她忽视表兄们的嘲弄，理解母爱的缺失，在给新家十五个人煮完饭洗完衣后她不忍再苛求母亲更多。她喝完寡淡如水的薄汤，从不抱怨弟弟们刺耳的哭声。

但泽丽娅无法忍受青春期。当她一马平川的胸脯上长出两个豆大的肿块，当她的下腹出现阵阵绞痛并伴有流血，当她发现身体总无法自控地涌起莫名的欲望和躁意时，她不屈的乐观主义精神崩塌了。

"泽丽娅的嘴大如鬼，泽丽娅的嘴大如鬼！"表兄们喊叫着。

某天下午，家里没什么人，泽丽娅走进卫生间，锁上门，检视着镜中的自己。里面出现的已不是一个轻微斗鸡眼，头顶蓬蓬发的小女孩了，取而代之的是一张怪异的少女面孔：头发难看，眼睛难看，鼻子难看，难看的额头上布满难看的粉刺，还有那张大无边的嘴，拖累了还算柔软的唇和整齐的牙齿。这一张不必要的、过大的、不知分寸的嘴，像两条粗犷的横线，毫不留情地划开她的脸。泽丽娅怔怔地盯着镜面，得出了伴随她余生的结论：她是个丑女人。

她的命运里和脸上镌刻着不快乐。青年时期的各种不安混合成前所未有的苦楚在她胸腔内如花园中的灌木一般生根，发芽。青春期早期，泽丽娅还能坦然面对。"别傻了，没什么可多想的"，她努力尝试着将苦种一个一个拔除，可不多久它们又回来了，变本加厉地疯长。直至某天，泽丽娅决定不再触碰它们，她又一次看向镜中的自己，平静地得出另一个结论：她丑陋的脸和悲伤的生活，与她心底的苦痛真是配极了。

目光生硬的泽丽娅就此诞生，她只从旧泽丽娅身上继承了对生活的兴趣，而如今这份兴趣也变了味。她存在的意义就是用那套残忍的、自创的理解世界的体系去评判一切。泽丽娅不想成为也绝不会成为，唯一一个不幸福的人。从那时起，她从所有事物中挑刺，不论事实还是谣言，都张开大嘴孜孜不倦地传播。

在彻底变得不讨喜前，泽丽娅有过最后的希望时刻，幻想着生活或许还有回转的余地，或许仍可能被欢笑盈满。那是18岁成人前不久，她与父亲那边的远方表哥一直保持书信往来。他叫尼古拉斯·斯塔法，和家人定居于米纳斯吉拉斯南部。尼古拉斯的父亲是一名娱乐行业的经理，在兰巴里城当地颇具影响力。尼古拉斯通过信件告诉泽丽娅，他会来里约接手父亲这边的生意，顺便参加民主党俱乐部的年末舞会。他询问女孩和她的姐妹们是否愿意陪同前往。泽丽娅忍下胃部的痉挛，提笔写道：当然愿意，荣幸至极。

泽丽娅·斯塔法，泽丽娅·斯塔法，女孩口中默念着，扑哧笑出声。生活真是讽刺啊，上几个月，她还尝试将自己的名字和所有认识的小伙的姓氏拼凑在一起：泽丽娅·卡马戈、泽丽娅·卡瓦列里、泽丽娅·卡利斯托。谁会想到在这么多的排列组合中她最终的名字会是泽丽娅·斯塔法呢。泽丽娅·斯塔法，泽丽娅·斯塔法，这名字太适合她了！

这个阶段，泽丽娅早已认清自己嘴巴的尺寸及这张大嘴所带来的厌恶。但她和尼古拉斯雁去鱼来时仍旧心怀希冀，自信满满：他们已见过面，小伙子完全可以在看到她夸张的五官尺寸后结束通信，但他没有。此外，写信时的泽丽娅会幻化成她那个时代里最有趣的女人之一。

女孩满脑子都装着舞会。她柔声歌唱，将头发编盘成各式辫子，没心没肺地傻笑，那是那段日子里她最后的笑容，让人想起她童年时代的笑容。泽丽娅亲手缝制舞裙——优雅的淡粉色，飘逸的喇叭裙摆外加可爱的泡泡袖。她还搭配了一件波蕾若外套，进出舞会时可以披在肩上。泽丽娅买好新手套，分期付款租下一顶大帽子，还从姐姐那儿借来耳环。她翻阅着《女性之友》杂志中关于美容的文章，用黄瓜片敷眼，拿芦荟做发膜，往洗澡水里滴几滴碘液，幻想自己将拥有琥珀色的蜜肌。舞会当天的泽丽娅实在太开心了，以至于她觉得自己是漂亮的。

但舞会并未带来意料中的欢声笑语。那晚的尼古拉斯和信中絮絮叨叨的小伙相去甚远。他有教养，却稍显矜持，面露微笑，却略带疏离。两人的谈话不到三个回合便潦草结束，两人间的距离似乎比兰巴里到里约还要遥远，明明那几个月的书信中他们曾那么亲密！

临近深夜，泽丽娅最终放弃了像享受信中文字一样享受这场舞会的想法。她借口补妆，欲将青年独自留在舞池中央。尼古拉斯看着她，一言不发，只是敷衍地点了点头。泽丽娅转过身，泪水夺眶而出。那个她自认为有趣的女孩，或许至少是尼古拉斯眼中有趣的女孩，在那夜变成了伤心、不安的可怜虫。她每朝卫生间走一步，那种不安感就加重一分。直到在落地镜前站定，她终于彻底心灰意冷：裙子皱皱巴巴，肥大的泡泡袖滑稽可笑，还有那张嘴，巨大如鬼。

尼古拉斯的寡言少语修正了她对自己的看法：那场舞会中没人愿意待在泽丽娅身旁。她不懂穿搭，头发也卷烫得不好，为脸蛋增色的胭脂早已糊成一团，还有那支鲜红的唇膏，她究竟为什么要选一支鲜红的唇膏？！那颜色简直比交通信号灯还引人注目！泽丽娅在舞厅的角落找到一把椅子，有气无力地坐下，煎熬着剩余的时间。她想消失，却做不到，因为她的大嘴永远都不会消失。

泽丽娅最大的错误不是裙子，不是发型，不是口红。那晚，布里尼也在舞厅的角落，一个脖子细长眼神焦虑的青年，仿佛时刻饱受尿急的折磨。布里尼习惯隐藏自己，只有身处一隅才能让他安心。当泽丽娅向他走来时，小伙并未留意到她不够卷曲的发尾和硕大的嘴，他只觉欣喜，瞧，这个女孩和我一样，喜欢角落！

第二年他们结婚了。布里尼·科雷拉四十年来在里约热内卢电力公司担任同样的职位。他的薪水介于富足和贫瘠之间，他的野心在"根本没有"和"无关紧要"的两头摇摆。他对生活不抱期待，未知的事物于他而言皆暗藏威胁。布里尼人生中迄今最大的冒险是伊瓜苏瀑布五日游。他和泽丽娅一起，以最常见的方式变老，日益相看两相厌。

起初，泽丽娅认为婚姻是结束班古痛苦生活的出路。后来她发现，这场结合就是个错误，一个每晚在她耳畔打鼾的错误。瞥见身侧张着嘴睡得不省人事的布里尼，泽丽娅回想起自己平庸的一生，尼古拉斯的脸在脑海中浮现。那晚她是否应该再坚持一下？或许她现在已是兰巴里的赌场皇后，而不是蒂茹卡一个无名小卒的糟糠妻。

泽丽娅不知道，舞会当晚自己和尼古拉斯的疏远并不该归咎于她的低情商和不完美的外表。而是那个小城青年，习惯了兰巴里屈指可数的无趣适婚女，在民主党舞会上令人目不暇接的里约俏妞中迷失了自我。"这里简直是天堂！"他心中暗喜，毫不犹豫地调整好人生重心——去他的婚姻，先玩个够再说。

或许这一切都是奥卢奥·提特的杰作（在和第八个穆拉托女人无疾而终后，巫师的耐心殆尽，他向所有里约女人下蛊）。从小玫瑰妈妈那代起，这座城里的女人似乎都逃不开离奇的魔咒：她们的脸庞过于美丽，头脑过于聪明，人数过于众多，而这里的男人怎么可能只钟情于其中一个。

*

泽丽娅便这样在蒂茹卡定居，她知道自己再也不会离开这里。这并不是一个破败不堪的地方，至少比班古逼仄的房间好得多。只是新生的泽丽娅无法看到生活的馈赠，她眼里只有碌碌无为的丈夫，长相凡俗的子女和那间时常需要修补的老房子。她被无数错误包围。那个曾经手持蓝色笔记本的女孩继续探索着这个世界，忙于揭露周遭只有她能窥见的缺陷。

如果邻居不向她打招呼并非因为没看到自己，而是他们故意忽视。如果番石榴里有小虫，一定是可恶的营销员想要欺骗的把戏。如果伊雷妮夫人长胖了,那是因为她不快乐;如果她突然变瘦了,那八成是抑郁了。如果面包师傅的女儿在收银台出现,那是因为她要物色丈夫的人选;如果她不出来帮忙收银,那只能证明她脑袋不灵。如果教女考试得了高分,那是因为她想要炫耀;如果她把成绩单藏起来,那毫无疑问,这个笨蛋铁定考砸了。

"哎,你这个没用的东西,除了成天抱着收音机还会干些什么?"泽丽娅高声斥责着丈夫。

布里尼窝进他的小角落,一声不吭。他与许多结婚数年的男人无异,中了一道咒——缄口咒。婚后的第十五年,从他嘴里吐出的音节甚至比打嗝儿声还少。

泽丽娅永不停歇的抱怨最终改变了她的容貌。削南瓜皮,疏通水槽,整理高人一头的书架,每做一件事时她都会摆出厌烦的表情。起初这些肌肉僵硬的拉扯和她年轻的面容格格不入,可是后来,悄悄融入她的面部线条,固定成泽丽娅留给所有人的印象。

因为睡不好,她眼眶下终日泛着淡青色。如果童年的快乐泽丽娅曾需向困意宣战,那现在的泽丽娅不必了,因为,她早已忘记该如何入睡。这乏味冗长的生活啊,要是能做个梦该多好!徒劳的呐喊。泽丽娅继续整夜整夜失眠,黑眼圈越来越重,脾气越来越坏。孩提时代无比渴求的不眠夜如今成了她往后日子里逃不开的沉重负担。

一段时间后,泽丽娅盯着镜子,矛盾地左看右看。她已经不确定，镜中人究竟是因为丑陋而变得苦涩，还是因为苦涩而越发丑陋。那扇窗户成了她唯一的救赎，从那里她能看到泽丽娅以外的一切。从那里尤莉迪丝走进她的视线，一位如此安逸的家庭主妇，这种女人值得自己最严苛的审判。

"迟早要破产！记下我说的！尤莉迪丝只知道操办各种宴会，不出几年，她就得靠吃面包糠过活。"

2

那些莫须有的财政危机只是好事之人的臆想,尤莉迪丝继续投身于厨房大业。开发新品蛋糕,试喝各类汤羹,调配独家酱汁,在笔记本上记下每一道步骤。菜谱便是她的日记,是她被流放家中时的精神支柱,是四周压抑墙壁内的一丝慰藉。

几个月后,尤莉迪丝右倾的字体将黑封皮笔记本填满,是时候将自己的杰作展示给丈夫了。为此,她筹划起一顿特别晚餐,准备为安德诺尔做他最喜欢的菜肴——马德拉酱烩火鸡肉饼。

晚餐前一天,尤莉迪丝去家禽市场挑选了一番。当泽丽娅远远看到手提火鸡的女人缓缓而归时,尤为愤懑不平:"这可还没到圣诞节呢!"在院子内给火鸡松完绑,尤莉迪丝走进屋里准备卡莎萨。酒精能使这大家伙平静,宰之前给它喂点,肉质会更鲜嫩。关上酒柜,她倚着家具出神:这摞菜谱笔记称得上一本完整的书籍,随时可以出版。或许她还能再写一本,就此开启崭新的人生：在电台主持一档美食节目，在《女性之友》拥有专栏版面，开设烹饪烘培课程，教那些新婚小菜鸟如何抓住家人的胃。一切皆有可能！她兴奋得双眼放光。只要安德诺尔同意就行，没错！只要丈夫支持自己就行！尤莉迪丝回过神，抓起酒碗，在把卡莎萨灌给火鸡前先囫囵吞下两口。

盛宴当晚，安德诺尔如常五点半到家。亲吻妻子的额头，回房换好居家服，踩上拖鞋，六点准时回到饭厅。一股比平日厨房中的饭菜香更勾人馋虫的味道正在屋内蔓延，甚至还悠悠地飘向隔壁，惹得泽丽娅的丈夫没好气地嘟哝："又让我喝隔夜汤？"

安德诺尔惊讶地发现，餐桌上摆放着只有特殊场合才会现身的意大利餐巾，专属圣诞节的红酒杯，令人垂涎的西式四道餐：海鲜浓汤、山羊奶酪沙拉、芝士土豆球，还有他的最爱——顶着一团褐色配菜的马德拉酱烩火鸡肉饼！可更让他诧异的是妻子今晚不振的胃口，面对食物总会食指大动的她此刻正坐在桌边，望着盘中的美味兴致缺缺。当尤莉迪丝去厨房给孩子们盛甜品时，安德诺尔埋头品尝起淋满巧克力酱的柑橘木糠蛋糕。将分好的甜点递给阿方索和塞西莉娅后，尤莉迪丝倒了杯酒，"咕咚！"仰头喝下一大口，随后拿出黑封皮笔记本，搁到桌上。

"看看这个，安德诺尔，"她把笔记本推向丈夫，"所有我自创的菜谱都在里面，你觉得能出版吗？"

安德诺尔终于找到放下甜品勺的借口，低声打了个饱嗝儿，饶有兴致地翻阅起菜谱。尤莉迪丝立在丈夫身侧，纹丝不动，耳畔只剩下沙沙的翻页声，直到一阵"哈哈哈哈哈哈"响彻饭厅。

"女人，你开什么玩笑？谁会去买一本家庭主妇写的书？"

那串无情的哄笑声涌进尤莉迪丝的左耳，再也没能从右耳涌出。她沮丧地低下头，双手捏紧围裙褶边，试图为自己辩解。尤莉迪丝想告诉丈夫，她有烹饪天赋，那些菜肴也绝对不差。可安德诺尔才没闲情与妻子促膝长谈，只有重要的事情才值得他上心。

"把牙签递给我。"

尤莉迪丝不得不承认，自己从未见识过这栋屋子这个街区、父母那栋屋子父母那个街区以外的生活，丈夫言之有理。安德诺尔博学，主修会计，任职于巴西银行，总和那些见多识广的男人一同侃侃而谈。她潜心钻研菜谱时，曾认定所有努力都是有意义的，可这份坚持在丈夫开阔的眼界前轻于鸿毛。出书，电台直播，教授烹饪课，一切的一切只是自己痴人说梦罢了。安德诺尔才是那个有远见的人——电车驶向单位路上的见闻丰富而精彩，尽管不免局限，可已是尤莉迪丝永远无法企及的高度。她的目光只能看到家中的墙壁，市场内的摊位，仓库里的粮食，还有侵蚀身心的无限空虚。

*

最后,这晚和平日无数的夜晚无异。妈妈和女儿收拾餐盘,安德诺尔和阿方索坐在客厅内,收听国家广播电台。尤莉迪丝埋头洗碗,眼泪无声坠落,混进水槽的漩涡里,一滴,两滴。

"妈妈,我做得好吗?"

踮起脚站在板凳上,小女儿正卖力地帮母亲烘干盘子。

"很好,塞西莉娅。你以后肯定能成为一名出色的家庭主妇。"

尤莉迪丝最后从桌上收走的东西是笔记本。她轻轻摩挲着封面,抬起微肿的眼睛,吸了吸鼻子,毫不犹豫地将这堆废纸扔进垃圾桶。这本曾承载她希望与热情的笔记本,最终被吃剩的木糠蛋糕糊掩埋。

两小时后,因为红酒的安眠作用,安德诺尔早早打起了呼噜。尤莉迪丝躺在绣花床单上辗转反侧。身旁的那个男人,她知道,一直是位好丈夫。

安德诺尔不会去街边寻花问柳,不会动手打人,收入优渥,极少抱怨,喜欢和孩子们亲近。只要别在他看报或听收音机时打扰他,别在他睡懒觉或午后打盹儿时吵醒他。将他的拖鞋整齐地置于床前,及时为他端上热咖啡,牛奶里不能浮着奶皮,孩子们不许在家中乱跑,沙发垫最好对角线摆放,下午四点前必须关窗,早上七点前别发出任何声响,收音机的音量不可以忽高忽低。还有,这条也绝不能落下,不要连着两餐给他吃同样的食物。如果洗手间还时刻散发出桉树香那就再好不过了。除了这些,他别无苛求。

好吧。

这不是全部的事实。

这几乎就是全部的事实。

而这"几乎"与她让丈夫失望的那晚脱不了干系,她没能弄脏床单的那晚。尤莉迪丝恨不得将那个伤心夜葬进后院的土里,再用生鸡块盖上。某位女邻居说过,肥沃的养料有利于植物生长。只是安德诺尔做不到往前看,他仍将自己圈禁于痛苦的回忆中,在威士忌哭泣夜里顾影自怜。

哭泣夜每两到三个月发作一次。安德诺尔到家后,亲吻妻子的额头,去房间换上居家服,踩着拖鞋回到饭厅。当尤莉迪丝和塞西莉娅在饭桌旁摆盘时他宣布:"今晚我迟些吃饭,先喝杯威士忌。"尤莉迪丝用你知道自己喝完威士忌会变成什么鬼样子的眼神看着丈夫,安德诺尔则用我当然知道自己喝威士忌时在做些什么的眼神回敬妻子。

事实是,在那些威士忌哭泣夜里,安德诺尔唯一清楚的认知只有:他正在喝威士忌。最初几口下肚后,奇奇怪怪的事情一件接着一件袭上大脑,安德诺尔别无选择,只能徒然地否认,抗争。

每次哭泣夜刚降临时，一切都风平浪静。安德诺尔是安德诺尔，尤莉迪丝是尤莉迪丝，阿方索和塞西莉娅是两个无忧无虑的孩子，举着比尔博凯特球[1]玩得不亦乐乎。然而，几杯过后，安德诺尔便会开始可怕的变身。每逢哭泣夜，尤莉迪丝都早早将孩子们送上床。她离开客厅时还是善良勤劳的尤莉迪丝，可回到安德诺尔身边时，成了新婚之夜没能为丈夫守住童贞的荡妇。

"那个男人是谁？"

身陷沙发，手持威士忌酒杯，安德诺尔仿佛被利刃刺中心脏般痛苦地审视着眼前的女人。尤莉迪丝无力地反问："你在说谁，安德诺尔？"

"就是那个男人，尤莉迪丝。那个男人！我有权利知道他是谁！"

安德诺尔心碎不已，哭得一把鼻涕一把泪，他深深为自己感到不值。工作勤恳，还是个十足的正人君子，这样的他为什么要委屈自己，凭什么委屈自己娶一个荡妇为妻！

恐怖的变身还在继续。阿方索和塞西莉娅不再是安德诺尔的孩子，他们一定是某个野男人搞出来的野种。婚前就不守妇道的女人婚后怎么肯安分守己，她给自己戴过的绿帽子绝对多得数不清！他凭什么忍受这些？凭什么？"你给我说话，尤莉迪丝！你说

---

[1] 比尔博凯特球，又称日月球，11世纪起源于法国，将小球用线拴在杯腿上，用杯口接球。

话啊！我凭什么要忍受这些？凭什么？凭什么？凭什么！"

唯一令人宽慰的是，威士忌哭泣夜里的癫狂不会持续太久。发泄后的安德诺尔倒在沙发中沉沉睡去。尤莉迪丝掰开他僵硬的手指取走酒杯，俯身在丈夫耳畔低语："安德诺尔，夺走我贞操的是你手中的威士忌，是你喝下的这杯威士忌让我变得不洁。"

*

是的，他是一位好丈夫。即使马德拉酱烩火鸡肉饼之夜变成木糠糊配笔记本之夜后尤莉迪丝仍试图说服自己。每次吵完架只要一想到丈夫的种种优点她就能冷静下来，可这次除外。安德诺尔那晚响亮的嗤笑声让她失眠了。

当大厅的摆钟敲击第三下时，尤莉迪丝决定响应它的号召。她起身穿上拖鞋，踱至厨房翻起了垃圾。笔记本安静地躺在木糠奶油里，凝结成块的巧克力酱将几页纸粘在一起，上面隽秀的字体已被酱汁晕花，菜谱中好几个步骤被糊得难以辨认。比如，巧克力松露球的档案就毁于一旦。不过没关系，早在塞西莉娅1岁生日派对上，她第一次尝试制作这道甜点时便将它的配方熟记于心。巧克力松露球受到空前的追捧，所有女人都争相效仿，蒂茹卡每场生日宴会的餐桌上都能觅得它的踪影。可那又如何呢？会做巧克力球又如何？她也不知道自己为什么要拯救这面目全非的笔记本。尤莉迪丝拿抹布擦拭着黑封皮,将所有纷繁的思绪抛诸脑后。在湿页间插入干燥的办公纸后,她把以前的宝贝藏在了饭厅中装饰书架的百科全书后。

回到房里,她这才安然入睡。

*

日子还得过下去。给孩子们准备香蕉和意大利面,给丈夫准备没有洋葱的餐食以免他消化不良。那给自己准备什么呢?只有时间,大把的时间,足够她坐在沙发上,盯着指甲发好一会儿呆。

尤莉迪丝忧伤地望着指甲出神,为她的笔记本哀悼。将它埋进百科全书后的几个月里,她度日如年。女人尝试着更专注于子女,可这份专注总带有漫不经心的松散。她一边卖力地帮阿方索和塞西莉娅洗漱,一边摇头叹息:这就是生活吗?一边耐心地辅导孩子做功课,一边腹诽:他们什么时候才能别来烦我?一边有声有色地讲着睡前童话,一边心怀不满:生活难道只有校服、九九乘法表和换汤不换药的民间故事吗?!

最终,广播里的肥皂剧向她伸出援手。每天下午三点,尤莉迪丝准时坐上收音机旁的扶手沙发,旋开按钮,一瞬不瞬地盯着占满整面墙壁的书架。她的眼睛胶在书脊上,慢慢开始涣散:她看到了弗雷德里科和佩德罗,这对好友同时爱上了农场主美丽的女儿。她看到了贝蒂娜,那个失忆的神秘女人,被渔民发现昏迷在海滩上。她还看到了玛丽娅·伊莱娜,那么年轻,那么孤单,还身怀六甲。

尤莉迪丝绞着双手,揪心地为剧中每个人的命运担忧——不!佩德罗!求你,不要杀死弗雷德里科!贝蒂娜,你怎么可以吻里卡多?他可是你的弑母仇人!啊,玛丽娅·伊莱娜,你的儿子将会站在世界的顶端,别担心了!黑妈妈多洛雷斯会把他培养成一位伟大的医生!那个棕色的小盒子里,所有人都拥有精彩纷呈的人生,不似她尤莉迪丝·古斯芒的生活,泛不起一丝涟漪。

在古斯芒·坎佩罗一家做了件不论置于哪个年代都颇为美妙的事情——雇用一名家庭女佣——后,生活变得更加平静无波。玛丽娅·达斯·多勒斯每天清晨准时为雇主们泡好咖啡,晚上总是洗完最后一个餐盘才离开。她铺平每一张床,为地板认真打蜡,将卫生间清扫得纤尘不染。尤莉迪丝继续出入集市、杂货铺、肉店、家禽市场以及所有能让自己走出家门的场所,下午三点前她会准时赶回客厅,打开收音机,坐在沙发上,绞着双手盯着书架。

电台连续剧暂时分散了尤莉迪丝的注意力,可几个月后,当她再次旋开按钮,看向书架时,想的已不是丽塔该和保罗·阿方索结婚还是嫁给里卡多·布里托,她又开始蠢蠢欲动地思考起人生。

女人的脾气越来越暴躁,有时甚至会和丈夫顶嘴。

"尤莉迪丝你过来,看见吗?我咖啡里有奶皮沫。"

"你喝下去不就看不见了。"

还有可怜的玛丽娅·达斯·多勒斯,名字中的"多勒斯"在葡语中本就意为"苦痛"的她,此刻正承受着源自女主人加倍的苦痛。尤莉迪丝隔三岔五地吹毛求疵:床单上有一条褶皱,重铺;地板上有一道划痕,重新上蜡;淋浴房里有一根头发,上下里外全部重新打扫。多勒斯不介意每天早上七点就上班晚上八点才下班,也不介意每餐都吃索然无味的豆子米饭炖肉,更不介意夏天的正午,当气温直逼赤道时,在屋后的小房间内熨烫亚麻衬衫和羊绒西装,只要每天到家能看到她的小可爱们就行。玛丽娅·达斯·多勒斯是三个孩子的母亲,她独自将他们拉扯大,孩子们靠她温在烤炉里的食物填饱肚子,自己穿上她搁在梳妆台旁的衣物,如今他们已到了可以自由活动的年纪,再也不用为了远离厨房危险的刀叉而被拴在卧室里。

但我们要讲述的可不是玛丽娅·达斯·多勒斯的故事。她只会偶尔出现,当需要有人洗碗或铺床时。我们要讲述的,是关于尤莉迪丝·古斯芒的故事,关于她的一生,你所看不见的尤莉迪丝的一生。

3

  尤莉迪丝需要一项新事业,一项可以在百无聊赖的上午充实自己的事业。还有那些等待孩子们放学归家的傍晚时光,已不仅是猫爪挠心的烦闷。在无可救药的郁悒面前,她茕茕孑立,被偌大的焦虑包围。这份焦虑变身成疯狂的鬼魅,"桀桀"地在她耳畔低笑:我会一直缠着你,我会一直缠着你,我会一直缠着你。

  某个周五,她气急败坏地甩上门,混入人流如织的大街试图让紧绷的神经放松。达斯·多勒斯做什么错什么,达斯·多勒斯简直是头蠢驴,达斯·多勒斯弄脏了毛巾,烫焦了裤子,打碎了杯子,弄丢了我的耳环!尤莉迪丝一边发着牢骚,一边朝美发沙龙走去。她已经两周没做头发了,这怎么行?好妻子应该时刻在丈夫面前保持亮丽,不然可别怪他去路边采撷野花(那些野花披着迷人的大波浪卷,涂着诱人的红色指甲油,从头发到脚指甲间的一切都惑人心魄)。

冒着热蒸汽的烫发机辛勤地作业于蒂茹卡女精英们的头顶。尤莉迪丝坐在塑料蘑菇下，漫不经心地翻看《女性之友》杂志。她的目光在缝纫与刺绣专栏停留了许久，上面刊登着一篇讲述如何制作女装的文章，对所有二十三个步骤进行了详细的讲解：量尺寸，剪裁布料，手工缝合，缝纫机打版，试衣，定样，打褶，钉纽扣，开扣眼，敲花边。一件精美绝伦的连衣裙就这样完工了，一件正合尤莉迪丝心意的连衣裙！并不因为它多漂亮或多时髦，只因为这是由二十三道工序和九块布料拼凑而成的工艺品，一件尤莉迪丝从未尝试做过的工艺品！

说服安德诺尔同意买一台缝纫机花费了四天时间。第一天他说不，第二天他坚持拒绝，第三天他再次摇头，第四天他终于不堪其扰："别再拿你关于缝纫刺绣的事来烦我。如果能让我耳根子清静你就去买吧！去把那台机器买回来！"

尤莉迪丝效仿了女游击队员最古老的战术之一：和男人打拉锯战，他们迟早会投降。

第二天，她套上连衣裙兴冲冲地到市中心买下一台美国胜家牌缝纫机。身上的裙装有点紧，可她浑然不觉。那天是周一，例行清肠的日子，但似乎没什么必要，随后的几周里，尤莉迪丝太过专注于自己的裁缝事业以至忘记了吃饭，忘记了挑剔玛丽娅·达斯·多勒斯。幸好，她没忘记自己还有一双儿女。出门前尤莉迪丝会将他们收拾干净，傍晚时挂着微笑等待他们放学，心平气和地辅导他们做家庭作业，和颜悦色地询问塞西莉娅要不要添一件新围裙，阿方索想不想再拥有一条蓝色长裤。当安德诺尔坐在最近购置的电视机前看新闻时（观众朋友们，以上就是记者埃索从现场发回的报道），尤莉迪丝正全神贯注地为衣服打板：切割牛皮纸，粗略地叠完褶缝好边，装上拉链，打开缝纫机，将布料送进机座，有节奏地踩起脚踏板，"嘚嗒嗒嗒""嘚嗒嗒嗒"，整台机器对着她纵情欢歌。如果这动听的音乐配有歌词的话，那一定是在咏颂繁忙的双手、冷静的头脑、成真的美梦以及祥和的生活。

　　然而，泽丽娅听到的旋律可算不上优美。她竖起敏锐的耳朵，紧贴在墙面上。隔壁屋子发出的"嘚嗒嗒嗒"声正传递着不寻常的信息。究竟发生了什么，让那个颇有声望的巴西银行职员之妻，那个习惯出入斯洛佩百货大厦，去若泽·席尔瓦男装店为丈夫订制西装，到波尼塔童装店为孩子们挑选衣物的家庭主妇夜以继日地伏在一台缝纫机前？（泽丽娅什么都能听见，只要是隔壁传来的声响她都听得一清二楚。）

　　"我就知道，可怜的女人！"不间断的缝纫机声证实了泽丽娅之前的推断：那对夫妻现在的经济状况非常糟糕，糟糕到尤莉迪丝必须亲手制作全家的衣服。奢侈的晚餐和昂贵的电视机只是幻影！迟早安德诺尔得变卖掉那台玩意儿。他是整条街上第一个拥有电视机的人，也会是第一个失去它的人！哦，古斯芒·坎佩罗一家可不能再这么大手大脚地花钱了。

整个街区的女人又一次为尤莉迪丝和安德诺尔的财政危机叹气。一些人打赌玛丽娅·达斯·多勒斯挺不过一个月便会离开，另一些人则认为她会为了免费的餐食留下。这对夫妇已经负担不起私塾高昂的学费，下学期塞西莉娅和阿方索最好转去公立学校读书。两口子可以在杂货店赊账，而且不该再踏入位于赫瓦尔侯爵大厦的高档医疗诊所。一群没有收入的家庭主妇，此刻正为别人家庭的花销精打细算着。

那些莫须有的财政危机仍旧只是好事之人的臆想，丝毫不会打扰尤莉迪丝继续她的制衣大业。那几个月，一家人过得很好。孩子们放学回到家时，迎接他们的总是一个生气勃勃、无微不至的妈妈。

"今天在课堂上学到了什么呀？"

"两栖动物！"阿方索抢答道。"行星！"塞西莉娅眨了眨眼。

"妈妈，一共有九颗行星围绕太阳转，地球是队伍里的第三颗。如果它再离太阳近些那就太热了，没人能活下去。如果它离太阳远一些也不行，那样就太冷了，所有生物都会死掉。"

"那月亮呢？"尤莉迪丝摸了摸塞西莉娅的脑袋，"月亮啊是一颗卫星，宇宙里有好多好多颗卫星，但我们看见的月亮只绕着地球转。你知道吗？有超过十颗卫星围着土星呢！"

塞西莉娅兴致盎然地睁大双眼,阿方索也跟着模仿姐姐瞪大双眼。尤莉迪丝踩上板凳从书架高处取下一本关于行星和星座的百科全书,绘声绘色地给孩子们解释万物的起源、星星的位置,以及那些离地球非常遥远的恒星。她讲解得太好了!很快,塞西莉娅便掌握到许多课堂外的知识,而阿方索也先于他的小伙伴开启了浩瀚宇宙的神秘之门。

尤莉迪丝又翻开关于两栖动物的百科全书,指着书页上的彩蛙娓娓说道:"这些生物不仅能通过鼻子呼吸,它们全身的皮肤都会呼吸。但人类只能依靠鼻子,我们吸进的是氧气,呼出的是二氧化碳。"虽然这些常识两个小不点将来都会学到,可超前一步也未尝不可。"让我们来看看书里是怎么说的。"她再次踩上板凳从书架高处取下关于人体构造和元素周期表的百科全书。当天傍晚,时间过得飞快,尤莉迪丝将书本置于膝盖,孩子们坐在她身侧聚精会神地聆听。当大摆钟"哐哐哐"准点敲响时,所有人都无暇留意。

安德诺尔到家后,如常亲吻妻子的额头,进房换好居家服穿上拖鞋,再次踏进饭厅。一家人坐上桌其乐融融地享用晚餐,盘子一个接一个出现,又一个接一个消失,玛丽娅·达斯·多勒斯安静地在厨房中忙前忙后。

安德诺尔询问着小家伙们学校的情况,阿方索和塞西莉娅叽里呱啦地说起行星和两栖动物。男人许诺周六带他们去蒂茹卡森林的湖泊里抓蝌蚪。"这样你们就能近距离观察书中那些两栖动物的幼体啦！"孩子们高兴坏了，上蹦下跳着将好消息告诉正在沙发另一端做针线活儿的妈妈。尤莉迪丝闻言慈爱地笑了笑，低下头继续处理布料上的针脚。安德诺尔则将孩子们领进花园，指着夜空教他们辨认南十字星、金星。运气好的话，或许还能看见天蝎座。

再次回到屋里时，姐弟俩麻利地穿好睡衣钻进被子，等待父亲在睡前给他们朗读蒙特罗·洛巴托写的故事。"上次我们讲到哪儿了？""赫拉克勒斯的十二试炼，第六章！""对，没错，现在竖起你们的小耳朵，精彩马上继续。"当读到第四、第五页时，阿方索抵不住困意闭上了眼。安德诺尔见状准备离开，却突然被一双小手拽住衣角。塞西莉娅低声哀求道："再讲最后一页吧，爸爸，我想知道更多半人马的故事。"安德诺尔又念了好几页，直到塞西莉娅也倦得打起哈欠才合上书。女儿高涨的求知欲令他欣慰。他希望塞西莉娅可以顺利完成课业，最好还能考上大学，然后步入一段幸福美满的婚姻。在两个孩子的面颊各落下一吻，安德诺尔起身回房就寝，明天又是被各类会议塞满的一天。

半小时后，整栋屋子陷入寂静与黑暗，只有胜家缝纫机上的一盏小灯仍放着微光。尤莉迪丝·古斯芒紧捏针线的手指在布料间来回穿梭，发出"刺刺嗞嗞"的轻响。做完收尾工作，她心满意足地爬上床，一夜无梦，一夜好眠。

没过几个月，尤莉迪丝给孩子们缝制的衣服塞满了橱柜，达斯·多勒斯每周都能换上新制服，安德诺尔的衬衫多得来不及穿，连边角料做的抹布也在厨房里堆积成山。她需要开发新项目，尤莉迪丝再次摩拳擦掌。这于她而言并不困难，因为她所处的那个年代商店甚少，她居住的那个街区女人甚多。

尤莉迪丝出门寻找客源的那天，整个蒂茹卡似乎都替她悲伤——一个穿着如此光鲜的女人居然沦落到上街招揽生意。尤莉迪丝如今不再只有一条能穿出门的连衣裙，她有七八条，哦不，也许九条十条，每天都能翻着花样穿。这块波尔卡圆点花布真好看，她给自己做了条连衣裙；这匹亚麻格子布正在打折，她又给自己做了条连衣裙。广告模特身上的这件式样不错，可以打个版，于是她再次买下一条连衣裙。

尤莉迪丝身着红色喇叭裙走在路上。这个曾经需要霸占整条人行道的女人现在只占据了不显眼的一小处——忙于裁缝事业的几个月里，尤莉迪丝减掉了双下巴和许多肥肉。原因之一是她沉迷于作业废寝忘食，原因之二是她想象着自己塞进那件修身西装后的完美体形，不禁更加斗志昂扬。

"是的，《女性之友》和《广播电台杂志》里的款式都能做。只要把图给我拷贝下就行。布料的话，女士您自己买或者我替您买都行，选择权在您。"

"嗯，非常好。"客户听着尤莉迪丝的叙述，眼底透出庆幸，庆幸自己不需要像眼前的女人一样在街上奔波，同情心激起她的仁慈与慷慨。"给我做一条这个样式的。你买布料，记在总账上。定金是多少？我现在就付给你。"

泽丽娅也向尤莉迪丝订了一条裙子，并不因为真的需要它，或出于对女邻居的怜悯，而是她迫切地想去那个地方量尺寸，试衣，那个全蒂茹卡最让她感兴趣的地方——尤莉迪丝家的客厅。那方她从未踏足的天地，如今终于能名正言顺地一探究竟。

为错综复杂的连衣裙试样的日子里，泽丽娅每次准点出现在尤莉迪丝家中，关心着除了裙子以外的一切：瞧瞧，客厅里那个帝国风格的胡桃木水晶柜居然有五层，每层都摆放着十二个波希米亚水晶杯，分别用来斟倒红葡萄酒、白葡萄酒、威士忌、香槟和利口酒。立在墙边的普罗旺斯木制餐柜简洁贵气，连三个抽屉的钢拉手都是镀金的。拥有二十四个灯泡、十二条灯臂及三十六个水晶吊坠的玛丽娅特蕾莎枝形吊灯此刻正折射出如梦似幻的碎芒。樱桃木材质的饭桌上铺着厚实的玻璃板，八把配套的椅子安静地沉身于桌下（其中一把的椅腿，泽丽娅眼尖地发现，有明显的缺口）。玄关台上搁着两个银托盘和好些捷克波希米亚牌和法国巴卡拉牌的水晶奢侈品摆件。地上两块长方形的波斯地毯完美地从勃艮第红渐变到棕米白。还有许多刚上市就被男主人搬回家的小器械，安德诺尔总是走在时尚前沿：四条筷子腿的橱柜式收音机，书架上那台小型唱片机，还有神奇的立式风扇和另一台四条筷子腿的橱柜式电视机。泽丽娅讪讪地摸了摸鼻子,瞧瞧,电视机和收音机那八条筷子腿的色调并不一致,真是整个和谐客厅里的败笔。

泽丽娅只是尤莉迪丝众多客户中的一个。这些日子里,古斯芒·坎佩罗家的门铃不停响起,络绎不绝的女人前来试衣。达斯·多勒斯每天冲泡的咖啡比面包店里供应的还多。杯盏碰撞发出的叮当声和客人们交头接耳的嘈杂声在客厅内此起彼伏。对女人们而言,试衣当然不仅仅是试衣——"对了,你孩子这几天读书用功吗?""哎,最近菜价又涨了!"每次试衣总是伴随邻里间的八卦,无比热闹地进行着。

订单纷至沓来。坊间流传,有一位手艺精湛的女裁缝为了补贴家用在自己的工作室中承接各类成衣订制。这个月内,尤莉迪丝已是第三次走进文具店,她需要更多的笔记本来记录客人们的信息和需求。安东尼奥度过了迄今为止人生中最美好的一个月。这位单身汉的每一天都被枯燥地划分为:卖文具的上班时间和不卖文具的下班时间。他和母亲欧拉利娅夫人同住,每晚锁好店门回到家中,欧拉利娅的絮叨便迎面扑来,不是抱怨自己多病的身体就是不停提及家族那段曾经富裕的辉煌史。老太太口不干舌不燥地说着,念着。或许安东尼奥的每一天更应被划分为:听母亲发牢骚的下班时间和不用听母亲发牢骚的上班时间。

尤莉迪丝也越发频繁地光顾布宜诺斯艾利斯大街上的布店。这个客人想要这种料子,那个客人想要那种料子,她抱着几米亚麻布和雪纺绸从市中心回来的当口又接到第三个客人的订单,尤莉迪丝只得折返,再次弯下腰在店内一垛垛的布料中精挑细选。她一边微笑着问候店员,和身边的客人们打招呼,询问营业员的感冒是否好些了,一边认真地巡视柜台,寻找物美价廉的特价商品。

某个午后,尤莉迪丝沉迷于布料中,并未注意到一个与自己极其相像的姑娘正站在她身后。女人目光焦灼,右手紧握胸前的圆盘吊坠。她靠着柜台旁的柱子,踟蹰不前。只需再跨出一步,尤莉迪丝就能发现她,只需要再向前跨出一小步。可是她没有。

尤莉迪丝对四周的异样毫无察觉,她认真地核对笔记本上的数据,让店员依照相应的尺寸进行剪裁,随后去收银台付了钱,拿起布料,心事满满地往家中走去。她十分担忧订单的制作期限,即使加上整个下午和凌晨的时间也不够完成这么多工作,她必须外包一部分活儿。于是,尤莉迪丝找上了另一位名叫玛丽科蒂娅的女裁缝。

玛丽科蒂娅夫人鼻梁上架着猫眼大框镜,一缕卷曲的刘海儿贴在额前,嘴唇总一丝不苟地抿起,双臂仿佛生来便交叉于胸前。她大多数的语句以"但是"开头,一堆问题从那张挑剔的嘴中蹦出:"但是女士,纽扣钉在这里和裙子并不相配。""但是小姐,收紧褶边的话会影响你走路。"

看到这里读者朋友们或许会问:难道整个故事中的女人都如

此不幸,如此痛苦吗?完全不。尤莉迪丝的某些点头之交就是命运的宠儿。伊莎蒂娜喜欢绣花,牙齿亮白整齐,笑容灿烂夺目。她嫁给一个很合拍的男人,一个财力雄厚、能够负担起她高昂牙医费用的男人。玛格丽达是一位潇洒的寡妇,上帝夺走了她的丈夫却留下一笔丰厚的养老金。哦,谢天谢地,幸好上帝夺走的是那个人而不是她丰厚的养老金!还有塞莉娜,虽然未婚却坐拥数目庞大的遗产,且幸得一位男性密友,每逢周三、周五他们会面聊天,互诉衷情。

但玛丽科蒂娅夫人从不认为生活中有美好的馈赠。于她而言,生活是一场彻头彻尾的谬论,一场50岁后还必须坐在缝纫机前工作的谬论。这全该归咎于自己的丈夫,谁允许他死于肺气肿了?谁允许他如此无情地撒手人寰?但玛丽科蒂娅不知道,其实她的丈夫视死亡为解脱:他不是作恶多端之人死后会下地狱,在妻子身边的日日夜夜才是炼狱。是时候自私些了,男人这么想着。于是,他坦然地合上了双眼。

*

六月初,冬季里的第一阵寒风在蒂茹卡的街头巷尾间打转,趁安德诺尔赤身裸体之际袭击了他整片颈背。彼时,他正从浴室走向房间,想要取一包全新的爽身粉。如果安德诺尔能像其他凡人一样早些放弃在私处涂抹滑石粉的习惯,那接下来的所有事情都不会发生。但他能怎么办?天那么冷,爽身粉又用完了,他只是想给私处做最后的收尾。最终,安德诺尔毅然决然地走了出去,像初生婴孩般,一丝不挂。在这段短距离的步行里他不幸中招,寒风沿着脖颈蹿入脊柱,惹得男人一哆嗦,几声"阿嚏阿嚏"后,他知道自己生病了。

第二天,安德诺尔拖着灌铅的腿上班,下班。随后的两天,他只能勉强在浴室和床铺间移动。尤莉迪丝不停地端来热茶和鸡汤,可他的健康状况仍急转直下,一家之主就这样被病魔击垮。

那天下午,安德诺尔高烧不退,迷迷糊糊间他没有赶上开往银行的电车;无法在规定的时间内完成工作;错过了缴付电费的最后期限;怎么也找不到经常穿的长裤。房屋里一片死寂,黑暗中邻居们带着审判者的冷漠站在他赤条条的病体前。孩子们没人管教,因旷课多次而被留级。尤莉迪丝,你在哪儿?尤莉迪丝?所有的一切都是这个女人的错。她为什么没有察觉到电车快开了?为什么不提醒他还有那么多工作没完成?为什么不去缴电费?为什么不拿条裤子来?为什么不监督孩子们完成作业?现在电力公司会把电源切断,银行会毫不留情地将他开除。因为这个女人的过失,整个街区的人都对着自己指指点点:窝囊废,窝囊废,窝囊废。千夫所指的梦魇压得他喘不过气,安德诺尔躺在床上低声谵妄:荡妇,荡妇,荡妇……

男主人的病情丝毫不见好转，医生诊断高烧已引起肺炎。他开了些抗生素和阿司匹林，并指导尤莉迪丝如何为病人冷敷额头，嘱咐她从当天下午到次日凌晨，每二十分钟更换一次湿毛巾。尤莉迪丝一共换了五十四次。如果让安德诺尔起死回生的不是那些湿冷的布块，那一定就是尤莉迪丝的这双手。它们一会儿被搁上丈夫的额头，一会儿交叉于胸前，整夜整夜做着最虔诚的祷告。

翌日清晨，安德诺尔睁开眼，长长地舒了口气。他没有赶不上电车，没有做不完工作，也没有找不到长裤。孩子们正好好地待在学校，妻子正好好地坐在床边，轻揉着他汗湿的短发。尤莉迪丝不是荡妇，他生命的所有瞬间，因为有了尤莉迪丝的参与而变得更有意义。没有她，生活将会分崩离析。那一刻，安德诺尔发现，他比以前更爱这个女人了。或许他应该相信妻子关于新婚之夜的解释，又或许，仅仅说服自己别再介意。可他做不到，无论如何都做不到。

那天上午，安德诺尔继续卧床休养。他从睡梦中醒来几次，喝下鸡汤和热茶，接受着妻子体贴入微的照料。沿街的窗户半开半掩，睡意蒙眬间，男人耳畔传来了他不熟悉的市井声音，这些白日里的喧嚣居然不惹人厌——售卖锅碗瓢盆的小贩扯开嗓子招揽生意，糕点师傅忙于推销刚出炉的小面包，磨刀人提着工具在街道内穿梭，吆喝。

午餐后,安德诺尔隐约听见家里响起阵阵喧闹——女人们谈笑风生,不断有人进进出出,开关门声不绝于耳。他不知道尤莉迪丝原来有这么多朋友。等等,为什么缝纫机的声音正从客厅的一端传来,而尤莉迪丝好像在客厅的另一头说着话?诡异,着实诡异。安德诺尔下床朝卧室外走去,腿脚轻快了许多,他正在康复。

刚踏进客厅,眼前的场景彻底惊走了男主人的病态。

镜子前,仅穿着下装的泽丽娅正来回打量水晶柜里的摆件,尤莉迪丝跪在女邻居膝边,试图标记裙子下摆的长度。另一边,戴眼镜的妇人拉出卷尺,在某位只穿了上装的女士身上不停比画,记录下数据。一对棕色皮肤的姐妹倚靠着沙发,捏起盘中的小饼干,惬意地啜饮咖啡。尤莉迪丝的缝纫机前此刻坐着一个头发毛糙,身着印花连衣裙的黑女人。客厅中央的桌子好似直接从布店中搬来的柜台。边角料、线头和卷尺淹没了高档的波斯地毯。饭桌被牛皮纸、剪刀、尺子、梭芯和两个针线盒占得满满当当。

"你们在我家客厅里搞什么鬼?"

泽丽娅捂上嘴尖叫不止,惊慌间有人打翻了咖啡,那个赤裸下身的女人随手扯上块布飞速将自己裹起。尤莉迪丝看了看丈夫,认命似的低下头。

"我正在给朋友们做衣服……"

苍白无力的解释。安德诺尔不会,从来不会支持自己这些无聊的事业——把客厅变成工作室,把屋子搞成嘉年华。全家上下人来人往，热闹劲儿简直堪比市区的美容院！还有那个坐在胜家缝纫机旁发呆的黑女人，她是谁？

"那是达米阿娜，玛丽科蒂娅夫人带来的人……"

"该死的，玛丽科蒂娅夫人又是谁？！"

尤莉迪丝觉得最好还是一次性全盘招供："玛丽科蒂娅夫人是我的助手，达米阿娜是我助手的助手，现在我为整个街区的女人提供制衣服务，一个人根本忙不过来。而且你知道，做一件衣服可复杂了，需要事先和客人沟通，确定款式，还要量尺寸，打版，试衣。助手们和我可以左右开弓，这样效率就会高很多。"

这条不成熟的生产链丝毫无法取悦安德诺尔。他的鼻孔随着尤莉迪丝嘴巴的开合愤怒地翕张，女人每多说一句，那股愤怒就上头一分，直到最后，他看上去像极了即将爆发的金刚。客人们纷纷作鸟兽散：哎呀，肉店要关门了；哎呀，这天快要下雨了；哎呀，原来已经这么晚了啊。不久，客厅里只剩下一个撇开头斜眼盯着缝纫机的黑女人：挺住！她不能走，她还没收到今天的晚饭钱！

因为担心东窗事发，安德诺尔生病期间尤莉迪丝取消了所有客人的订单，可三天后她们仍一个接一个地不请自来。这些女人赶着出席舞会，参加蒂茹卡网球俱乐部的晚宴，还不肯错过布拉干萨俱乐部的派对。更重要的是，除了尤莉迪丝的客厅，还有哪个地方能满足她们打探自家高墙外生活的八卦之心呢？当客人们试衣时，女主人恳求大家放低声音，但收效甚微。于是，她只能祈求安德诺尔别走出房间，但天不遂人愿。最后她心存侥幸，或许丈夫出现在客厅里，听到她关于制衣大业的雄心，会觉得有趣也不一定。可事实再一次证明，她想多了。

那几个月中，尤莉迪丝荣登全蒂茹卡（甚至全穆达、格拉雅乌、圣克里斯托旺、里奥孔普里杜、班代拉广场和法蒂玛街区）最佳女裁缝的宝座。她能力出众，所制衣裙的性价比也超高，而安德诺尔被蒙在鼓里，对妻子的丰功伟绩一无所知。这次，尤莉迪丝又效仿女游击队员，采取了隐瞒战术（男人们一定不会说不，因为他们根本不知道发生了什么）。

她清楚总有一天需要向丈夫坦白自己的计划，并且十有八九会被非难。但能瞒多久算多久，或许一瞒就是一辈子，谁知道呢。

每天午后，客厅被改造成工作室，快到六点时，达斯·多勒斯和尤莉迪丝再将它变回原样。她们把样衣、杂志和布料统统收到看不见的地方，如果有一两件工具遗留在外也不要紧，安德诺尔对东西的摆放并不上心。这个家中，他和尤莉迪丝有着明显的边界划分，安德诺尔只在自己的领地活动：房间—浴室，浴室—房间，沙发—餐桌，餐桌—房间，房间—浴室—厨房—大厅，其他不在他主权范围内的领土他懒得去管。安德诺尔与整栋房屋的亲密度几乎为零。他不知道冰箱里放着哪些食物，不了解厨房的布局，更不可能关注藏污纳垢的水槽。他才不高兴特地打开橱门,就为看看里面有些什么。但他偶尔会留意书架,因为那儿有一个小角落属于他,上面放着《蒙特罗·洛巴托作品集》——孩子们的睡前故事书。

剩下的一切与他无关,剩下的一切属于尤莉迪丝的管辖范畴。他只负责每个月准时把钱带回家,顺带弄脏盘子,睡乱床铺,他可不需要知道衣服是怎样洗干净的,食物是如何准备好的。所以,他从未发现衣橱里塞着一捆布料,书柜里锁着一摞缝纫杂志,沙发后藏着五十七件样衣。可现在,安德诺尔全看到了,再度被妻子背叛的怨愤涌上心头,而这次,眼前的一切都是证据。

当安德诺尔的鼻孔快被怒气撑爆时,那个头发毛糙的黑女人决定:今晚她还是挨饿吧。

"夫人,我把熨衣板上的样衣带回家熨平。"

安德诺尔从未如此怒火中烧,他强行压下那股把胜家缝纫机、黑女人和熨衣板一同从窗口扔出去的冲动,拳头在大腿两侧越握越紧。他不能让别人说闲话,不能让其他人认为是他不允许妻子帮助邻居们做衣服,更不能让所有人觉得自己是个需要靠妻子在外打工补贴家用的小白脸。

虽然没有黑女人和缝纫机从窗口被扔下,但邻居们仍对那晚从屋里传出的争吵声说三道四。泽丽娅甚至不用将耳朵贴上墙就能听见隔壁高分贝的斥责。"我拼死拼活地在银行里工作,好吃好喝地供着你,就为了让你把家里变成马路市场?""但安德诺尔,我也想有一份工作。""你的工作就是看好家,照料好孩子!""这些我都在做,安德诺尔。""是吗?那你为什么没再给我做过马德拉酱烩火鸡肉饼?顶着一团褐色配菜的那种?""因为你说吃了会打嗝儿。""别找借口,尤莉迪丝。""我没有,安德诺尔,是你自己说的,晚上没法吃任何有洋葱的东西,即使混在配菜里也不行。""够了,我需要一个全心全意为家庭付出的妻子。你的职责就是让我能安心出门赚钱。你究竟知不知道金融行业的工作有多让人头疼?""不,我不清楚,你从来不和我说你的工作。""是啊,这就对了,我说了你就会明白吗?""哦,安德诺尔,别这么看着我,我一直都是个好妻子。""好妻子?好妻子才不会一心二用!好妻子才不会关心丈夫和孩子以外的东西!我会在外面好好工作,而你,给我老实待在家里养孩子!"

局面逐渐变得诡谲。安德诺尔不停地重复着同一句话:"你听清楚了吗,尤莉迪丝?听懂了吗?我好好工作,你好好养孩子。你听清楚了吗,尤莉迪丝?听懂了吗?我好好工作,你好好养孩子!"不给女人任何开口的机会,安德诺尔失控地、一遍遍地吼着:"我好好工作,你好好养孩子。我好好工作,你好好养孩子!"

当男人终于不再身陷声嘶力竭的复读机状态时,更怪异的事情发生了。伴随着他每一轮的吼叫,孩子们的情况越发惨不忍睹:塞西莉娅的指甲太脏,阿方索的头发太长,两个孩子一直在流鼻涕,时时刻刻都在流鼻涕。看看,绿色的、黄色的、紫红色的鼻涕!他们已经几个星期没吃上一顿像样的饭菜,他早就留意到了,姐弟俩只能啃玉米面包填饱肚子,玉米面包!他的宝贝们居然在吃这种东西。哦,天哪,这两个可怜的小家伙居然还好好地活着,真该感谢上帝的仁慈和命运的眷顾,再差一点,他们就要沦为沿街讨饭的小乞丐了!

4

故事讲到这里，还有一个从早期便影响尤莉迪丝的重要人物仍未登场，它是我们女主人公脾性养成的重要因素之一，它就是尤莉迪丝性格中不想尤莉迪丝成为尤莉迪丝的那一面。

尤莉迪丝不想尤莉迪丝成为尤莉迪丝的人格从这个女人还在塞莱斯蒂诺·席尔瓦市立小学念书时便开始打磨她，那时候的小尤莉迪丝认为世界是美好而有趣的，由数字、字母还有无限的数字字母组合拼凑而成。她先同龄人一步拥有了出色的语感。一年级时，每天早晨，父亲总会将整张脸埋进一页巨大的报纸中，而小女孩则趁着上学前的早餐时间，饶有兴趣地读起报纸背面的文章。尤莉迪丝的母亲安娜夫人将女儿所有的进步看在眼里。

"不用多久，这孩子就能来果蔬店帮我们打下手了。"

尤莉迪丝的老师，克拉拉小姐，是个比甜番薯还软糯的女人。当学生们答对问题时，她会展露赞许的笑容；当学生们答错时,她也会报以鼓励的一笑。所以,每个人都希望答对问题,每个人也都不惧怕答错问题。克拉拉小姐始终穿着一套蓝色半身裙和白色女士衬衣,脸上的微笑令人如沐春风。她的衣服飘着一丝淡淡的椰子皂香,整个人也如椰子皂般甜美。每天放学后,她脱下衬衣洗净挂在屋外晾干,偶尔顺带清洗学生们的衬衣,由她母亲熨烫平整后送回孩子们位于里奥孔普里杜的住所。某个寒冷的阴天,克拉拉小姐坚持套上那件还未干透的白衬衣,不久,她感到全身发冷,倒在了重感冒的魔爪下。克拉拉小姐最终死于肺炎,除却三年间课内外带给学生们的点滴关爱,她什么也没留下。

接替她的是约瑟法小姐,一个时常怒目圆睁,出没于学生噩梦中的恐怖女人。孩子们悲伤地发现,没有老师再在课外生活里对他们关怀备至了,约瑟法小姐只热衷于教会他们讽刺的原则和阶级等第观念。在无数个午后及梦魇中,她不断地强制学生往笔记本上抄写重复的语句,幼小的心灵们因此饱受强迫症的折磨。我保证上学再也不会迟到。一个男学生在午餐后的整整一小时间不停地抄写这句话,尽管第二天他还是迟到了。男孩家住在棚户区的出租屋内,那里清晨厕所前排起的长队堪比晚高峰时人头攒动的中央车站。而他只是一个手无缚鸡之力的小孩,自然被挤到了队伍的最后方。

约瑟法小姐并未很快找到针对尤莉迪丝的教学方法。她无法批评小女孩准确的家庭作业和优异的考试成绩,也无法忽视那双时刻都会举起,希望回答问题或提出问题的小手,那双让她看着就来气的小手。终于在第三个星期的课堂上,机会来了。那是早晨的最后一节课,学生们正抄写着黑板上卡蒙斯的诗句。尤莉迪丝完成任务后,举起手想要说话。

"闹斯。我想桑彻所。"

"你说什么?"

"我要桑彻所,闹斯。"

约瑟法小姐没有急着回答,她从讲台前站起身,缓缓地在教室两头踱来踱去。是时候好好教育尤莉迪丝了,她必须马上行动。

"我不明白你想说什么。再说一遍。"

"彻所,彻所,闹斯。"

约瑟法小姐停下脚步,摸了摸下巴,眯着眼看向小女孩。

"彻所?这个词我可不认识。"

"哈哈哈嘿嘿嘿嘎嘎嘎。"全班爆发出一阵哄堂大笑。尤莉迪丝感到胃部升腾起一股无比陌生的纠结,正顺着食道爬上喉咙,让舌头不自觉地打结。

"我……我要……粗……粗去。"

那天,约瑟法小姐吩咐,直到尤莉迪丝弄清平翘舌音和"N""L"发音的区别后才能去上洗手间。最终,几次困难的尝试后,尤莉迪丝尿了裤子,温热的液体贴着她的皮肤慢慢冷却。当小女孩在黑板上写完两百遍"我想上厕所"时已是下午三点。那一年，尤莉迪丝尽量不在学校上厕所，每晚六点后坚决不喝水，拒绝每顿早餐里的牛奶。这个策略颇有成效，课堂上她几乎没有尿意，课后也能堪堪忍下膀胱膨胀的煎熬。因为不小心将发现巴西大陆的"佩德罗·阿尔瓦雷斯·卡布拉尔"说成了"佩德挪·阿尔瓦内施·卡布那尔"，因为一时心急犯了"普鲁施河""内格挪河""马德那河"及"雅普那河"的口误，她被罚下课后将"佩德罗·阿尔瓦雷斯·卡布拉尔"和亚马孙河的四条支流"普鲁斯河""内格罗河""马德拉河"及"雅普拉河"在黑板上各抄两百遍，这一抄便是一个半小时。

倚在讲台边，手举尤莉迪丝的满分试卷，约瑟法小姐再次对女孩发难："你以为自己很聪明吗？来，跟我念：佩德罗于阿克拉玛桑广场宣誓。"全班再次爆发出一阵哄笑。

尤莉迪丝突然感到一阵泄气：她多么希望宣誓的是若昂、杰杜奥或者马里奥，随便谁都行，只要不是那个"佩德挪"国王就好。自此以后，尤莉迪丝每次写作业和考试都会故意做错几题以躲避约瑟法小姐的刁难。日积月累间，尤莉迪丝不想尤莉迪丝成为尤莉迪丝的那一面诞生了。

当尤莉迪丝不想尤莉迪丝成为尤莉迪丝的人格进化完全时，约瑟法小姐也停止刁难女孩。差不多在那个时期，尤莉迪丝不但从读音上，更从深层的含义中领悟到许多词语的真谛。她懂得了什么是"难题"和"成见"，不再迫切地汲取"知识"，并且意识到，世界是一个"难以捉摸"的地方。她开始对人们获得的"成绩"持扭曲的观点，残酷的现实让她明白，身处"祖国"，这份所谓的"成绩"会把她带往何方。

*

约瑟法小姐灌溉出的人格在1943年的秋天变得越发嚣张。那年，尤莉迪丝刚满14岁。那年一月，一切仍岁月静好。每周一次的露天集市从隔壁街区搬至几个街区外，居民们厌倦了攀爬起伏的阶梯和斜坡，开始频繁光顾尤莉迪丝家的果蔬店。马努埃尔先生因为意想不到的盈利高兴得合不拢嘴，手头宽裕的男人给尤莉迪丝和她的姐姐吉达买了两条金项链，链子上挂着刻有圣母法蒂玛的圆盘吊坠。

"这件珠宝算你们嫁妆的一部分。"父亲表达爱意的方式略显笨拙。

两个被白色绸缎系住的小盒子仿佛自带光芒，照亮了正试图打开它们的少女的面庞。尤莉迪丝和吉达拥住父亲，随后将拘谨的葡萄牙男人留在原地，雀跃地跑向母亲的梳妆台，戴上金项链，满意地对着镜子左照右照。胸前泛光的吊坠将姐妹俩衬得熠熠生辉。

"等一下，还少样东西！"话音刚落吉达已冲向洗手间，取回一支红色的唇膏,一层层往嘴上涂抹。

"我也要涂。"尤莉迪丝嚷嚷道。

"你还太小,小女孩不用口红。"

"但我想要嘛。"

"好吧好吧,像我这样,噘起嘴,噢——"

尤莉迪丝有样学样地模仿着姐姐的动作。给妹妹涂完嘴唇后,吉达又在她胖嘟嘟的脸颊上点了两个小红圈,用指腹轻轻晕开。

"好啦!现在看看你自己,像不像电影明星?"

尤莉迪丝双目圆睁,不可置信地盯着镜中的自己。

"吉达,快把我的头发也弄成你那样。"

"遵命!"吉达从衣橱里拿出好几个卷发筒和发夹,捣鼓起尤莉迪丝的头发。她好像知道如何摆弄每一根发丝儿,它们很快变成了栗色的大波浪,倾泻在女孩的肩膀上。

"你从哪儿学会梳这种发型的?"

"附近……"

"附近是哪儿?"

"就是附近啦,尤莉迪丝。"

吉达没有磨多少时间就成功让母亲同意自己和朋友们一起去电影院。她不仅心神专注地看电影,还时刻留意着影片中明星和周遭观众的衣着打扮。吉达只有一条像样的连衣裙,她没法在穿着上翻花样,但发型可以!她想梳不同的发型,每天都不重样!

尤莉迪丝相信姐姐有做一切事情的权利。在她看来，吉达口中的附近一定是个非常酷的地方，和她唯一熟悉的学校及果蔬店大相径庭。那里肯定有形形色色的人和独一无二的体验。

收到圆盘项链的午后，两个女孩赖在母亲的梳妆台前，许久不愿离开。吉达给妹妹做着发型，怀念起童年玩过家家时的场景；尤莉迪丝换上和姐姐一样的装扮，变得小大人般成熟稳重。她们沉浸于自己的世界中，并未发觉三月的微风吹起了窗帘一角，狗吠声从街道远处传来，有轨电车"哐当哐当"驶过屋旁，隔壁的金丝雀正不知疲倦地啁啾欢鸣。

马努埃尔先生感到自己正变得富有，那个曾经需要熔掉已故父亲的金牙打成婚戒的葡萄牙男人，现在有足够的财力负担整个家庭的花销以及对三个女人的宠爱，支付女儿们课外兴趣课程的学费对他而言已不在话下。于是，马努埃尔先生找到基恩·卢克，一个和五只猫（根据最后统计）一起住在巷尾的欧洲老光棍，教授法语和音乐课程。吉达选择了法语，尤莉迪丝则想学习竖笛。

吉达连第一个月的课程都没能坚持读完。那本关于动词变位的书让她光滑的额头长出了皱纹。所有字母她全认识，可为什么组合在一起就全不认识了呢？不久，她以学习法语会妨碍课业为由，火速将动词变位书埋进书架最深处。吉达又回到了以前坐在客厅里的日子，阅读《女孩图书馆》系列丛书，翻看女性杂志，打发着午后漫长的时光。

尤莉迪丝请求父母继续向基恩·卢克支付吉达的学费,这样她一周就能上两堂竖笛课了。除去上课时间,她每天会训练一小时,每逢周末增加至两小时。很快,生硬刻板的音乐练习变成了抒情的康塔塔和十四行诗。不久,康塔塔和十四行诗又进化成空灵的歌曲,点亮了圣特蕾莎街区所有居民的好心情。

竖笛是尤莉迪丝的初恋。每天回到家,做完有错误的作业后,她便挺直腰背坐在乐谱前,沉醉于音符的世界里。当听说学校即将成立一个合唱团时,她自告奋勇为同学们伴奏。团长看完尤莉迪丝的表演后没给约瑟法小姐任何说不的机会,当下宣布这个会吹竖笛的女孩将成为合唱团的一员。次月,当巴西著名作曲家海特尔·维拉-罗伯斯来学校作关于合唱团优势的演讲时听到了尤莉迪丝的演奏,大音乐家将雪茄从嘴中拿开,指着舞台说:"我要这个姑娘来我的音乐学院学习。"

尤莉迪丝兴奋地转圈圈,但她的父母用一种不容商榷的口吻浇下一盆冷水:"恐怕不行。"基恩·卢克的课上得好好的,她难道还不满足?对葡萄牙夫妇而言,学习竖笛的投入不该是无底洞,它只是一种媒介,一份让女儿增加魅力,找到如意郎君的投资;一项让全家人在茶余饭后得到娱乐的消遣,当有人说"给我们吹一首进行曲吧"时,尤莉迪丝的竖笛才能发挥价值。自己的女儿根本无须再跟着那个身穿彩色外套的古怪先生学习。

"但我想学，我想学，我想学嘛！"尤莉迪丝嘟起嘴，双臂交叉，眉毛皱成一团，气急败坏地拍打房门。

接下来的几天，女孩经历着史无前例的心理斗争。心中有一个小人认为父母的话颇有道理，另一个小人则揪起尤莉迪丝的耳朵呵斥："你一定是疯了，才会想着拒绝维拉-罗伯斯的邀请！"而尤莉迪丝不想尤莉迪丝成为尤莉迪丝的人格也支持父母的观点：她自己一个人要怎么去韦尔梅利亚海滩呢？还有，一个竖笛少女与中年男性艺术家朝夕共处真的没问题吗？不，这一切都存在风险。没有优美音符的人生是苍白无色的，但过多浓墨重彩的旋律会让生活窒息，所以，一切都得适可而止，音乐也是。况且艺术家本就不是循规蹈矩之人，他们游走在道德暧昧的边缘，是危险的"另一群人"。

"我可以带妹妹去音乐学院上课！"吉达提议道。

"不许去，你必须留在果蔬店帮忙。"马努埃尔先生立刻否决。

"把我周六的工作时间翻倍，这样周中我就能带尤莉迪丝去了。"

"别以为我不知道，你只是想去音乐学院勾搭帅气的小伙儿！尤莉迪丝不许去，你更不许去！"

吉达耸耸肩，用一种我尽力了的眼神望向妹妹，低头继续读她手中的杂志。

尤莉迪丝的家庭并不是一个允许民主讨论的家庭。她的父母更多时候只在"听",而不在"倾听"。所以,如果某件事他们不感兴趣,你根本无法说服这对夫妻妥协;即便他们感兴趣,结果也一样。安娜夫人和马努埃尔先生迄今做过最有创意的事是将位于葡萄牙奥瓦良斯的西红柿铺子搬至里约亚历山蒂诺上校大街。他们对所有新消息的反应游移在"我没看到""我不喜欢""我不知道"和"我不想知道"间。非常难得的,他们脸上会露出一丝讶异的表情:"哦,我的天。"对于这两个葡萄牙移民而言,自家女儿拜师学艺于那个时代最伟大的音乐家简直是天方夜谭。那个怪诞的男人,那个从未把雪茄从嘴中拿走的男人。哦,我的天!

尤莉迪丝一生中从未如此激烈地与父母抗争。她朝他们大吼大叫,惊讶于自己体内居然能爆发出这么大的能量。她是多么想跟随音乐大师学习竖笛啊!她能准确地吹出每一个音符,她能演奏最完美的旋律。为什么生活不能像音乐一样让人快乐呢?为什么她不能做想做的事,说想说的话呢?为什么她不能纵情于唯一的爱好,直到手指磨破嘴唇干裂,直到她沉溺其中,忘记周遭的纷扰呢?当她吹起那根木管时,全世界仿佛只剩下尤莉迪丝和竖笛,那是独属于她的时光和小天地。

尤莉迪丝的渴求太强烈太强烈了,以至于她不介意独自在拔河绳的一端孤军奋战,偶尔女孩会收到来自姐姐的零星助力。吉达将眼睛从杂志页上移开,替妹妹争取着:"但是妈妈,说不定哪天尤莉迪丝就去交响乐团演奏了呢!""闭嘴,吉达。这不是你该管的事。"尤莉迪丝拉啊拉,不停地拉啊拉,尽管她知道,绳子另一头的父母比自己孔武有力得多。

到了某一阶段,双方都感到心力交瘁。那些争执从长篇大论缩水到三言两语。尤莉迪丝只是不停地重复着我想学,我想学,我想学。她的父母只是不停地摇着头不行,不行,不行。尤莉迪丝又不停地问道为什么?他的父母只好不停地搪塞就不行。最后,他们仿佛变成了三个疯狂的文盲——为什么?就不行。为什么?就不行。为什么?就不行。然而,谁也没想到,最终旷日持久的哭闹争吵、剑拔弩张会在一个眼神中收场,一个仅持续了几秒钟的眼神。

这个眼神始于果蔬店。那是一个周四午后,尤莉迪丝和安娜夫人占据着收银台的两端,一个看向左边,一个看向右边。午餐在交响曲"为什么?就不行"中草草结束。下午三点,若薇娜夫人带着儿子若泽来买土豆。妇人一边挑拣,一边和店里的人有一句没一句地闲聊家常(若薇娜夫人只买了几个土豆,却说了一大堆话)。结账时,她看见尤莉迪丝母女脸上不痛快的神情,忍不住询问起缘由。

安娜夫人叹了口气,眼神暗淡地讲述着那场席卷果蔬店楼上公寓的战争,那场关于音乐的战争。她跳过了振聋发聩的咆哮、

065

四分五裂的杯子和女儿惨烈的绝食夜。尤莉迪丝一度试图用辘辘饥肠来证明自己对竖笛大业的立场和信仰。

"就是这么回事，若薇娜夫人。我一直劝尤莉迪丝别把过多的精力放在音乐上。她现在应该好好学习，去做那些她这个年龄段女孩子在做的事情。和女朋友们一起出去逛逛街，认识些靠谱的小伙子，她也该开始考虑自己的人生大事了。"

若薇娜夫人不时点头表示赞同。而一旁并未参与谈话的若泽则看向尤莉迪丝，抛出一个极尽挑逗的媚眼。女孩慌忙垂下眸，尽力在椅子上正身而坐。电光石火的刹那她发现，有些眼神和普通眼神不同，不但往心湖中投下石子，还会让全身别扭拘谨，就像现在，她怎么都找不到一个舒服的坐姿。当若薇娜夫人付完钱，包好土豆，拉上儿子离开后，那股不适感仍束缚着尤莉迪丝。她开始意识到，自己现阶段的身体，会因为一个眼神而变得不自在。

那晚她没有吃饭，不是因为竖笛，而是因为那份撩拨。深夜十点到凌晨两点，她脑中不断闪现若泽的眼神。凌晨两点到早上六点，那个眼神仍如电影画面般一帧帧循环放映，并且加上了桑塔纳公园牵手漫步，吉马良斯广场惊喜求婚，两家父母共进晚餐和弗里布戈新婚蜜月的场景。半梦半醒间，尤莉迪丝想的都是那个眼神。竖笛什么的，早就被她抛到九霄云外了。

第二天女孩醒来时，前几日关于音乐的辩论好似从未发生过。维拉-罗伯斯是谁？竖笛又是什么？尤莉迪丝不想尤莉迪丝成为尤莉迪丝的人格为此欢欣鼓舞，而心中另一个小人则无奈地努了努嘴：好吧。但你记住，一切远没有结束。尤莉迪丝用力捏了捏脸颊，让它们看上去红扑扑的；又学着吉达在头上胡乱地做起鬈发，随后兴高采烈地出门上学。她掰着手指头计算放学的时间，一颗心早已飞至果蔬店收银台前的椅子上。

尤莉迪丝觉得自己应该和姐姐分享这个秘密。吉达是那种知晓一切的女孩，又或者，她只费神去研究那些值得知晓的一切。她所了解的"一切"和尤莉迪丝世界中的"一切"南辕北辙。吉达从来不是一个优秀的学生，即使高中毕业，在果蔬店算账时她仍需要数手指头，还不能保证算对。但她知道如何不留污迹地涂上好看的红色指甲油，知道用什么腔调和成年人说话。有一次，她毫不怯懦地站到约瑟法小姐面前："如果再让我看见你故意找我妹妹的碴儿，我一定去校长室举报你，把你做的丑事一五一十地汇报给古斯塔沃·卡帕内玛先生！"因为吉达，尤莉迪丝重新在夜间喝水；因为吉达，她无意间说出"佩德挪"时也不再感到羞愧。

她们是一对互补的姐妹。当尤莉迪丝半夜被阁楼上的幽灵吓哭时，是吉达紧紧握住妹妹的手，轻声安慰道："别害怕，刚刚是负鼠和它的宝宝们从阁楼上经过。"当吉达双肘无力地支在书上，手指插进发间，绝望地为第二天的微生物考试强记各类专有名词时，是尤莉迪丝始终陪伴着她，不厌其烦地辅导："我们一定能找到记下这些微生物的办法。来,先从原生动物开始,它们有两类骨架,依靠鞭毛和纤毛四处移动。"

还有一次,尤莉迪丝满脸泪痕地从学校跑回家,告诉母亲自己可能被电车擦伤了。安娜夫人只例行公事地递给她一块布条。是吉达及时出现,给予她更多安抚和建议:"快把布条换上,这样血就不会流下来了。"

"听着,尤莉迪丝,你没有受伤。从今天起这种情况每月都会发生一次,你现在是个真正的女人了!"

吉达为尤莉迪丝所做的事情远远超过一个姐姐应尽的义务。她详细地向妹妹解释流血的原因以及女人们为什么会怀孕。尤莉迪丝睁大双眼窥探着吉达的世界,那是一个诡秘莫测的世界,在那里她的姐姐是最博学的人。吉达温柔地将尤莉迪丝搂进怀中:"总有一天你会变成一个非常漂亮的女人,有一个非常爱你的丈夫和许多儿女,你会拥有一间很大的屋子,屋前还有一个很美的花园。"

吉达怎么会知道?没有原因,她就是知道。吉达是那种知晓一切的女孩,生来便是。

她还善于应付男人的调情,并且已经顺利地走向下一阶段——恋爱。那是四月的某个周日,竖笛大战爆发前夕,吉达向父母宣布,一位她很重视的年轻人午餐后将会登门拜访。

当拉戈教堂的大钟敲响两声时,马科斯出现在门口,不一会儿,便给吉达的父母留下不太好的印象。他并未礼貌地握住马努埃尔先生的手,而是奉上了一段东方特色的问好:手持帽子弯腰鞠躬以示尊重。葡萄牙人有些尴尬,却也照葫芦画瓢地弯下腰——或许时下的里约年轻人都这样打招呼。马科斯假装没看见吉达父亲为难的神色,随便发明一种异国情调的问候方式总比伸出他那双被汗液沁满的湿手要好。整个下午,只有当见到躲在客厅角落里假装看书的尤莉迪丝时,马科斯才放下紧捏着的帽子,羞涩地朝她挥挥手。安娜夫人和马努埃尔先生花费半小时大致了解了眼前这个满脸通红的小伙。

"先生,你工作了吗?"

"还在念书,学医。"

"你住在哪里?"

"博塔福古。"

"那你的父亲呢?他是干什么的?"

"市长办公室主任。"

"那你的母亲呢?她叫什么名字?"

"玛丽安娜。"

"你有兄弟姐妹吗?"

"五个。"

"你出于什么原因想和我们的女儿交往?"

"最高尚的原因。"

或许被突如其来的消息怔住了，或许对吉达向来放心，又或许因为候选人住在博塔福古还是个医学生，这段恋爱关系的确定没有受到父母任何的干扰及阻拦。吉达每周可以和马科斯去一次电影院，剩余的恋爱时光必须在亚历山蒂诺上校大街屋内的沙发上度过，一头亮着台灯，另一头坐着织补袜子的安娜夫人。

马科斯是个高挑、清瘦、举止斯文的年轻人，过分地优雅矜贵。是他最终在吉达和其他家庭成员间堆起一座糖面包山[1]。和马科斯恋爱后，吉达习惯了被十根不沾阳春水的手指来回爱抚，被一双不知世间疾苦的眼眸深情凝视。她发现，自己正步入一个过于精致的世界，一个让她无法再与家人共存的世界（一对墨守成规的葡萄牙夫妇和一个扎着辫子腿上长满毛的丫头）。

她开始将自己锁在房里，避开和家人同时用餐。如今，吉达唯一的家庭生活就是躲进客厅角落的扶手沙发，翻看《女性之友》杂志。

"把门打开，吉达！你爸爸都回来一小时了，快出来和他说说话！"

"马上就来，我马上就收拾好。"

"现在就把门打开！"

房间内一片寂静，安娜夫人最终放弃了再次敲开这扇门的

---

[1] 糖面包山，一座海拔396米的山峰，里约热内卢最著名的地标之一。外形极像用于制作圆锥形方糖的一种土制模具，故得名糖面包山。

想法。

"成何体统？怎么会变成这样？我究竟做错了什么居然生出两个如此叛逆的女儿？吉达急着和我们撇清关系，尤莉迪丝只知道抱怨她的竖笛。我小时候可太不一样了，我才不敢这么忤逆自己的父母！哎，一个整天一声不吭，一个从早闹到晚！"

傍晚时分的拌嘴成为这个家庭的常态，一段时间后，吉达的父母也习惯了女儿的疏离，他们自我安慰这是女孩们成长的必经阶段，没什么可多虑的。两个女儿都毫发无伤地待在家里，没有一个未婚先孕，这就够了。还是多花点心思想想怎么卖番茄吧。尤莉迪丝是家中唯一那个对姐姐突如其来的缄默起疑的人。

"吉达，你想知道今天课间休息发生了什么吗？"

"嗯。"

"吉达，能不能教教我怎么做柠檬面膜？"

"嗯。"

"吉达，我能看一下你的杂志吗？"

"嗯。"

"吉达，我们来玩梳头发的游戏吧。"

"嗯。"

吉达有一搭没一搭地应着，即便如此，尤莉迪丝还是想告诉她果蔬店中那个挑逗的眼神。姐姐一定会帮我的，就像很久以前那样。其实她所谓的"很久"并没有那么久，也就几个月而已。

但对尤莉迪丝来说,是很久很久以前的事情了,姐姐的沉默寡言让她们相背而行,并且渐行渐远。都是马科斯的错!初见时,尤莉迪丝觉得他很帅气,但现在她认为这个男人有一点丑,因为吉达只和他说话。姐姐一定是和他说了太多,以至于面对自己时才提不起开口的兴趣。

"吉达?"

"嗯。"

"你在看什么?"

"你自己不会看吗?"

"我看不见。"

"喏,看到了吗?《女性之友》。"

"这个我知道,我问的是你在看里面的哪篇文章?"

"你不会感兴趣的。"

"怎么不感兴趣!不然我就不会问了。"

"我在做一个测试,看看我们的男朋友是不是很爱自己。"

"我也要做。"

"你没有男朋友。"

"但我要做嘛。"

"我说了你没有男朋友!"

"那你为什么要做?你在害怕马科斯不喜欢你吗?"

"别在我面前犯蠢,尤莉迪丝!滚去吹你的竖笛!"

尤莉迪丝状似听从命令,其实并不准备息事宁人。竖笛恰巧在吉达身旁,她抓起那根木管时借机拉了下姐姐的头发。头皮突然一疼,吉达的火气噌地直往上蹿,她揪起妹妹手臂上的一小撮皮肤狠狠转了个圈,尤莉迪丝痛得将指甲深嵌进吉达肉里。当战事正酣时,安娜夫人闻声赶来,将仍在斗殴的两人拉开,把她们赶回各自的房间。

"我从没见过你们俩打架!怎么,现在长大了,反而想尝尝被关禁闭的滋味了?"

这次冲突未必是件坏事,尤莉迪丝趁此将竖笛大战那会儿压在肚里的眼泪一并哭了出来。这个家里没有人懂她,没有人真正为她着想,即使是吉达,从前可以交心的吉达,也不再在乎她了。但是若泽,他会的,他一定会理解自己。尤莉迪丝不需要学校、书籍、竖笛和吉达,她只要若泽。

女孩增加了在果蔬店内帮忙的时间。"爸爸妈妈,别担心,我可以晚上再做作业。"她趁姐姐不注意偷来唇膏将自己的嘴巴抹得过分艳红。尤莉迪丝太渴望见到若泽和他撩拨的眼神了,她相信男孩再次来到店里是迟早的事。尤莉迪丝心怀希冀,时不时看向攘来熙往的大街,耐心地微笑着接待每一位客人。

周末的时候若泽来了。尤莉迪丝从收银机后伸展全身,迫切地想要坐正。若泽在那里,她朝思暮想的眼神在那里。

然而,那个眼神此刻看着另一个人。若泽和家住几个街区外的奥德特一同走进店内,他紧跟姑娘,亦步亦趋,细心地为她挑选各类水果。当奥德特在土豆和洋葱堆里翻找时,若泽正忙着筛检品相最好的香蕉、苹果和无花果。两人仿佛根本没意识到旁边还有一个人,事实上确实没有。当他们拿起东西到收银台结账时,尤莉迪丝早已将身体缩至柜台后,只伸出一双收钱找零的手。其实若泽的目光在尤莉迪丝身上停留了几秒,但这短暂的停留只为结束先前的一切:忘记那天发生的事吧,我不过开个玩笑而已。若泽和奥德特转身朝属于他们的世界走去,身后留下的是一堆被挑剩的烂苹果和开裂的无花果,以及一个心碎不已的尤莉迪丝。

太痛了,尤莉迪丝的心太痛了,痛到她无法拿起竖笛,无法打开书本,连故意写错作业都做不到。她成了一个被上紧发条的娃娃,眼神空洞,面无表情,低头垂肩,不言不语,只会机械地完成所有任务。她看不到悲伤以外的其他东西,她躲进自我的世界黯然神伤,无暇顾及吉达上锁的房间里正发生着什么。缠绕她几周不散的凄怆让尤莉迪丝几乎忘了自己还有一个姐姐。

她的心太痛了,痛到连周一晚上不寻常的声响都没听见。那晚,吉达离家出走了。当尤莉迪丝终于从昏头昏脑中回过神来时,耳畔只剩下母亲沉痛的哭喊:"我的吉达走了,我的吉达走了!"安娜夫人跪在女儿空空如也的衣柜前泣不成声,母亲的恸哭让尤莉迪丝看见一个冷酷的世界,一个比她的小悲小戚酸楚上百倍的现实世界。

　　看着母亲在无限悲痛中挣扎,看着父亲紧紧抱住她无声落泪,看着家中的角角落落里彻底没了吉达的身影,尤莉迪丝感到像有一台推土机开进胸腔,正强行将她的心脏从身体内挖走。不声不响的逃离比死亡更糟,更无法被原谅。死亡是一瞬间的事,弥留之人来不及向身边的亲朋告别。但故意逃走的人清楚地知道自己将要离开,狠着心连一声再见也不愿留下。而吉达就这么做了。

　　但是为什么?为什么她没能发现吉达准备逃跑?为什么她没有试着和姐姐好好聊聊?为什么吉达不能主动向自己倾吐烦恼?父母没有阻拦她去电影院,也没有不让她谈恋爱,为什么她还要逃开?谁来告诉她所有的一切究竟是为什么?

　　尤莉迪丝无法得出任何答案,只是心底隐约响起一个声音:或许因为我们之间的争吵?她需要为发生的事情找到合理的解释,找到唯一的缘由,所以尤莉迪丝肯定了自己的想法:吉达在她们打架后不久便不辞而别,姐姐突然消失大抵是她的过错。

　　没人知道该如何处置吉达的房间。安娜夫人关上房门,马努埃尔先生又将它打开,因为紧闭的门会让他产生女儿还在房里的错觉。但这扇敞开的门同样让人触景生情,他们仍能看到吉达空置的书架,她把一整套《女孩图书馆》都带走了。吉达的床也让全家人为难,马努埃尔先生想拆掉它,但安娜夫人坚决反对:"不要拆!"她在上面小心翼翼地盖好床罩:"万一哪天吉达想回来了,她该睡哪儿？"最终，所有人决定将房门半掩。后来，每当尤莉迪丝经过走廊时，总忍不住伸长脖子向房里张望，好像姐姐不一会儿就能从床垫下冒出来。吉达没有带走客厅中的杂志，它们安静地躺着，没有人翻看，也没有人舍得扔掉，这些东西都是那个女孩的一部分。某天，客厅内出现了一个放着姐姐照片的相框。马努埃尔先生和尤莉迪丝都没有问起，是谁，将它放置在那里。

起初一家人还能靠希望对抗悲伤。他们每日守候邮差，吉达离开那晚没来得及留下的信件，或许会于某个午后被寄至家中。马努埃尔先生每天跑两次药房，站在全街区唯一的电话机前等着女儿可能捎来的口信。

日复一日，吉达仍旧音信全无。最后，三人决定放弃等待。马努埃尔先生和安娜夫人停止了哭泣，却也没再笑过。脆弱的父母让尤莉迪丝生出强烈的保护欲，她要竭尽所能带给他们双倍的快乐。尤莉迪丝发誓，她不会，永远不会再像竖笛大战时那样与他们大吵大闹；她不会，永远不会像吉达一样不计后果地抛下家庭；她不会，永远不会做任何让父母伤心的事情。她会努力成为最好的女儿，她会努力成为模范女孩，即使这个模范女孩与尤莉迪丝不想尤莉迪丝成为尤莉迪丝的人格完全吻合。

在马努埃尔先生最后一次尝试寻找吉达的行踪时，他去了市政厅。

"请通报尊敬的主任先生，他儿子马科斯女友的父亲想见他。"

　　一个半小时一晃而过。像马科斯初见他们时那样,葡萄牙人攥紧手中的帽子,他目视着前方,眼中的希望之光缓缓熄灭。午餐时分,一位女士带来了主任的回复。

　　"戈多伊先生说,他没有叫马科斯的儿子。"

5

　　认识了尤莉迪丝的双重人格后，便不难理解为什么这个女人总是向前跨一步又向后退一步；为什么这个女人有开创新事业的胆识，却没有面对丈夫异议的勇气；为什么在盛宴那晚听到嘲讽的"哈哈哈"后，她无法对安德诺尔作出"闭嘴！别来烦我"的反击；为什么那场重感冒和裁缝工作室的争吵后，她没能提高嗓音回吼——这双手是我的，我想用它们做什么就做什么，我现在就想用它们做衣服，我现在就想用它们指着你的脸大声告诉你：这双手是我的，我想用它们做什么就做什么！

　　然而，尤莉迪丝最终没能用这双手宣布独立，而是用它们盖上自己那张颓废的脸。她知道丈夫是对的，不但因为他所说的一切都有理有据，还因为在吉达离开后，她曾承诺要做一个明事理的好女人。

　　工作室争吵当天，安德诺尔的声音越拔越高，尤莉迪丝的则越压越低。她的反驳变得越发单薄，越发不堪一击。起初舒服地窝在沙发里听着唇枪舌剑的泽丽娅，最后不得不起身将耳朵贴到墙上。即便如此，她也无从得知那场冲突究竟是如何结束的。

但很快泽丽娅便得到了答案。以身体健康问题为由，尤莉迪丝宣布不再承接任何制衣业务，全权委托玛丽科蒂娅夫人接手她的客户名册和所有未完成的订单。消息一出，两边都爆发出不满的抗议。客人们害怕穿上仅由玛丽科蒂娅一人缝制的衣服有被刺成巫毒娃娃的风险，而玛丽科蒂娅夫人则对肩上新添的重担怨声连连。这意味着她必须将自家众多的老客户晾在一边，分神去伺候尤莉迪丝的，虽然这些"众多老客户"的数量加起来等于零。她借由额外的工作量会导致自己血压升高，要求尤莉迪丝支付达米阿娜两个月的工资以保证她们能按时完成全部工作。

尤莉迪丝没有讨价还价。第二天，她将钱一分不少地递给马丽科蒂娅夫人，云淡风轻的架势让老裁缝为错过狮子大开口的机会而捶胸顿足，她可丢掉了"零加零加零加零……"个客户呢。两个女人就此分道扬镳。尤莉迪丝关上门，无边的沉寂笼罩着古斯芒·坎佩罗家。

每日清晨，卫生间的洗手池和淋浴蓬头仍哗哗作响，烧水壶吹着口哨煮沸冲泡咖啡的凉水，餐桌上的报纸沙沙地翻页，回荡于客厅内的脚步声将主人们带去了学校和巴西银行。然而，整栋房子的声响都不属于尤莉迪丝。她总是静静地坐在客厅的书架前，几个小时岿然不动。女主人的转变让达斯·多勒斯忧心忡忡，尤莉迪丝已经超过一周没责难自己了。她没有挑剔洗得不干净的盘子，没有指摘叠得不像样的餐巾，没有抱怨橙汁里有碎籽，没有因为她切菠萝时磨磨叽叽而疾言厉色。

塞西莉娅和阿方索也发现了母亲的异样。

"妈妈，这是我完成的关于伊特鲁里亚人的作业。看到这张欧洲地图了吗？我自己从书上描下来的！"

"你做得很好，儿子。"

"妈妈，我刚读完格拉西里阿诺·拉莫斯的《艰辛岁月》，真是本令人伤感的书。"

"没错，塞西莉娅。"

尤莉迪丝没有像之前那样踩上板凳从书架高处取下百科全书，向阿方索展示伊特鲁里亚城堡；也没有拿出自己珍藏的格拉西里阿诺·拉莫斯的亲笔签名书，以粉丝的立场告诉女儿，他写的《苦痛》比《艰辛岁月》更加悲伤。

如今，她是一个规行矩步的妻子，是安德诺尔想要的那种妻子。一个全心全意投身于家庭和孩子的女人，每天与丈夫一同就寝，不再沉湎于缝纫大业，不会天蒙蒙亮就离开被窝。他看电视时她乖巧地待在一边，他走出家门或踏进家门时，她顺从地抬起额头低垂双眸任男人亲吻。现在的尤莉迪丝变成了安德诺尔一直渴望的模样。

是的,这一切他期盼已久。

这一切他真的期盼已久吗?

不,并没有。他不忍看见这样的尤莉迪丝,一个了无生气、对一切都麻木不仁的尤莉迪丝。安德诺尔发现,那些他自认为想要的并不是他真正想要的。那么,自己到底想要什么呢?他无法入睡,试图找出答案,可银行大堆的工作不允许他在失眠上浪费时间。男人看似茫然若迷,其实心底了然:他并不愿深究那个答案。第一次,安德诺尔觉得,他和尤莉迪丝的婚姻正面临着比新婚夜更严重的危机。

*

不管怎样,不管尤莉迪丝的生活发生怎样天翻地覆的动荡,不可否认,安德诺尔始终是一位好丈夫。作为公务员和从未有作品问世的女诗人之子,安德诺尔在脏乱不堪的家中饥一顿饱一顿地长大。那个家庭唯一的主心骨是他母亲吟诵的对句和三行诗。亲吻是荣耀和痛苦,灵魂飞向遥远的天幕,轻佻的誓言和爱抚,使心灵煎熬恼怒,爱情理应心无旁骛,神圣不可亵渎,他渴求被你爱慕,渴求你的娇躯,在他怀里停驻。玛丽娅·丽塔的生活如同一场个人表演,尽管枯燥乏味,却比观众们的日子好过得多。而这批观众就是她的六个孩子,玛丽娅·丽塔25岁前生下了他们。

每天，当费利西亚诺从市政府办公室回到家中时，妻子立下的殊勋茂绩总令他瞠目结舌，一大早就不整洁的屋子此刻更脏更乱了！到处都是臭尿布、橙子皮、木制玩具车。满地乱爬的婴孩们脖子上挂着污秽的饭兜。床铺永远保持待整理的状态，厨房被蟑螂占领，这些不速之客正悠闲地漫步于碗碟中的食物碎屑间。家中唯一的扶手沙发变成了晾衣架，玛丽娅·丽塔身穿肥大的衬衣，大刺刺地坐在一堆衣服中翻阅着诗集。除却那双狭长的眼睛，她从瓜尼拉祖先那里继承的唯一品质便是"无法适应西式生活的条条框框"。

夫妻间的争吵每天下午五点四十五分准时开始。

"你根本不理解我，我是一位诗人，一位艺术家！是被生活铐上脚镣的自由灵魂！"

"玛丽娅·丽塔，我支持你的艺术事业，但你自己看看，看看这婴孩的猴子屁股！还有我们女儿的头发，我和你说过多少次了，要剪到肩膀上面。现在可好了，长得都打结了，解也解不开！"

玛丽娅·丽塔捂着耳朵跑回房间，趴在床上涕泗滂沱。不一会儿，费利西亚诺走了进来，低声下气地哄劝妻子。他无法和她置气，无法抗拒她蜜色的小卷发和诱人的心形嘴。日常的小口角后，这对夫妇又和好如初，一起回到客厅抱孩子捡橙子皮去了。

或许出于习惯，或许仍心存希望，七点时费利西亚诺问妻子："晚饭吃什么？"

"香蕉。"

所有人都知道，玛丽娅·丽塔注定不属于这个寻常人的世界。在八月最冷的那天，她决定不再向生活妥协。不被世俗理解的女诗人吞下老鼠药，结束了自己不安的一生。或许她为这个家庭作出的最大贡献是死前反锁上房门，孩子们才没直面母亲扭曲的尸体和被白沫淹没的脸。

只有费利西亚诺亲眼目睹了马勒卡斯大街悲剧的全部细节。那日傍晚他回到家，不讶于孩子们正从客厅的这头爬向那头，直到他看见安德诺尔面如土色，心中陡然腾起一股不祥的预感。男孩已在母亲的房门前敲了整整两小时。强行闯入房内的瞬间，费利西亚诺迅速拿大掌盖住安德诺尔的眼睛。可安德诺尔还是看见了，短短两秒间他看见了这辈子也无法忘记的惨烈画面。那一年他6岁。

两天后，《商业日报》刊登了玛丽娅·丽塔的讣告：

> 智慧的化身，女诗人玛丽娅·丽塔·坎佩罗因长期饱受不明隐疾的折磨，于本月19日13时25分逝世。昨日，其遗体在圣若昂巴蒂斯塔墓地下葬。数以千计的先生、小姐、骑士及社会同志出席了葬礼并向玛丽娅·丽塔·坎佩罗致以哀思。费利西亚诺·坎佩罗，本市市政

府公共工程部受人敬仰的员工，一名绅士，以不可思议的勇气接受了爱妻逝世的噩耗。

妻子死后，费利西亚诺唯一无法战胜的情绪是绝望。再也看不到那个女人的小卷发和心形嘴，再也不能和她共同抚养孩子，这群小家伙将由自己一人拉扯长大，他们将过着比妈妈在世时更糟糕的生活，这一切令费利西亚诺万念俱灰。

他向上天祈求救赎。不久，救赎真的来了！并非乍然惊现，而是从几个街区外以费利西亚诺妹妹达尔瓦的样子走向这个家庭。那年，达尔瓦30岁，早已过了婚嫁的年龄，每日在父母卡勒穆大街上的杂货店内帮忙。她主动提议帮哥哥照料家庭和孩子。费利西亚诺闻言多么想扑进妹妹怀里大哭一场，但他忍住了，因为那是一个男儿有泪不轻弹的年代。

就这样，费利西亚诺和玛丽娅·丽塔的六个孩子终于过上了每天梳头刷牙的日子。达尔瓦也寻得人生真正的使命，一天忙活十八个小时让她感到无比充实。费利西亚诺的生活自此变得规律起来，每晚六点半他都能吃上热乎乎的晚餐。

费利西亚诺向达尔瓦详细描述了妻子离世的场景，当讲到安德诺尔的那两秒时，女人的心为那个男孩剧烈地绞痛着。尽管达尔瓦对六个孩子的爱胜过一切，但自那以后，她对安德诺尔的偏爱胜过了一切的一切。孩子们放学回到家时，安德诺尔会第一个得到亲吻；餐桌上出现炖鸡肉时，安德诺尔可以吃到最好的几块；衣服破洞时，安德诺尔的那件总能最先被缝补好；每晚达尔瓦巡房时，都会特别留意安德诺尔是否睡得安稳。当她翻开费利西亚诺新买的绿封皮《蒙特罗·洛巴托作品集》给侄子侄女们念故事时，安德诺尔是唯一坐上她膝盖的孩子。

家中打完蜡的地板、清爽的浴室、温馨的香味、白净的衣物让安德诺尔很少再想起那一天，那两秒。但他永远无法忘记母亲杂乱无序的生活，无法忘记她忽冷忽热的神经质和无关紧要的妄想，更无法原谅她极度的自私。那个女人洒脱地挥别自己的苦难，却没有为房门另一边的孩子们考虑过半分。在安德诺尔看来，诗歌是这个世界上最无用的东西。

他立志要过和玛丽娅·丽塔截然不同的生活。有一天他会成家，娶一个像达尔瓦那样完美的妻子。他会永远将家庭和子女放在第一位，会为他选择的女人付出所有，但对等地，他的女人不能，绝不能和诗歌及梦想沾一点边，那些将自己母亲逼疯的、虚妄的诗歌和不切实际的梦想。

正因为如此，安德诺尔决定物色一个平庸的妻子——不丑不美，不胖不瘦，不高不矮，走上街时会将自己所有的特质隐藏于草帽下。那个女人的脑袋恰到好处地长在脖子上，这是安德诺尔对尤莉迪丝的最初印象，她的一切都刚刚好。但他不知道，那颗"恰到好处"的脑袋里，其实装着远超"刚刚好"的东西。

＊

　　他们相遇在五月晴空万里的一天。安德诺尔坐上摇晃的电车，前往圣特蕾莎街区探望表兄。昨夜的大雨将天空洗净，微凉的空气直往肺里钻，他得以短暂地逃离杂乱不堪、漫天灰尘的拉帕。安德诺尔认为，圣特蕾莎街区是里约仅存的净土，这里几乎看不到汽车，偶见电车穿行，没有任何摩天大楼遮挡视野。"真是个纯粹、高效的地方！"他这么想着，不经意间一瞥，亚历山蒂诺上校大街上，一位坐在水果堆里的姑娘跃入他的视野。青年纷繁的思绪突然被另一种长久盘踞体内的渴求挤散，脑中不断回响起同一句话：她会是我要找的女孩吗？

　　安德诺尔想要买点梨。于是，他跳下电车，走进店里，挑选好水果，结完账，在等候找零的间隙上下打量起眼前的女人。一个不会引人想入非非的姑娘，头发梳成圆髻扣于脑后，围裙下是一件灰色的衣服，整张脸未施粉黛，此刻正全神贯注地算着账。尤莉迪丝将找零递给安德诺尔后便没了动作，这勾起了男人进一步了解她的欲望。

　　"这儿离蒙蒂阿莱格里大街远吗？"

　　"不太远。"

　　"我能步行过去吗？"

"应该没问题。"

尤莉迪丝通过了第一项测试。她并没有假装忽视安德诺尔，而是真的对他毫不上心。当然，安德诺尔可十分清楚自身的优势：他，一个23岁的小伙儿，毕业于佩德罗二世学院，持有会计师资格证，刚被巴西银行聘用，拥有一张迷人的明星脸（这是达尔瓦姑妈告诉他的），最重要的是，手指上没有戒指。每当他坐下喝咖啡，走进商店或停下买报纸时，四周的年轻姑娘和姑娘们的母亲都会睁着雷达般的眼睛检视他的手指。她们并非看上安德诺尔了，而是心中的征服欲隐隐作祟。穿上华丽的衣服画好精致的妆容不是为了让安德诺尔对她们一见倾心，而是为了让这个男人拜倒在自己的想法和态度下。

然而，安德诺尔才懒得费神去揣摩她们的心思，他追求的是褪去修饰，展露本质的爱情：让我们来看看这个姑娘是否如传言所说是个天才，让我们来看看她是否每天都准时起床，是否被窝凉透前能整理好床铺，是否当我坐上餐桌时会端来咖啡。他要家中的地板干净到可以随意舔舐，他要每周二集市结束后看到一整篮新鲜水果，他要每晚身旁有同一个人在同一张床上打呼的那种安全感。

安德诺尔从表兄口中打听到那个坐在水果堆中的姑娘名叫尤莉迪丝，总是围着父母转，吹起竖笛时像个天使。他还了解到，她有一个非常漂亮的姐姐，这个姐姐离家出走后，尤莉迪丝再也没吹奏过一个音符。她高中毕业，算术很好，但最终没去念大学，留在父母的果蔬店里帮忙。

安德诺尔坐到窗前，凝视着太阳缓缓而落。那一刻，他只觉得，全里约热内卢不会有比这里更美更祥和的地方了。晚上六点，和表兄道别后，他朝果蔬店走去。尤莉迪丝仍坐在水果堆中，一张脸埋进笔记本，认真地算着账。

"晚上好。我叫安德诺尔，期待能和你进一步互相了解。"

他们间的恋爱平淡如水，和安德诺尔憧憬的婚后生活大同小异。在亚历山蒂诺上校大街屋子内的客厅里聊天，一边亮着台灯，另一边坐着织补袜子的安娜夫人；牵手漫步于街巷，在马努埃尔先生规定的时点前赶回果蔬店。他们没有被允许去电影院，因为尤莉迪丝的父母不想再冒险。不久，安德诺尔向葡萄牙夫妇提出正式订婚的请求。安娜夫人不禁潸然，马努埃尔先生的眼泪扑簌扑簌往下掉，他抱紧尤莉迪丝，喃喃道："你是我们唯一的女儿，我们唯一的女儿。"

尤莉迪丝向往婚姻吗？或许吧。于她而言，婚姻是特定阶段的任务，将18至25岁间的男男女女匆忙地捆绑在一起，没比席卷全城的流感好多少。尤莉迪丝真正向往的是环游世界，吹奏竖笛；进工程系深造，天天和数字打交道；把父母的果蔬店改造成杂货店，再努力做到特许经销商，最后扩张为大型集团企业……天哪，她都不知道原来自己懂这么多。

吉达离开后的那些年间，尤莉迪丝的认知面越来越窄。她扼杀了内心的求知欲，披着模范女孩的外衣，变成一个不会扯高嗓门和裙边的姑娘，一个将父母的梦想置于首位的姑娘，一个重复着好的，女士或者不行，先生的姑娘，一个不停审问自己什么是好的，什么是不行的姑娘。

当安德诺尔认识尤莉迪丝时，她正处于这种函矢相攻的状态。尤莉迪丝不想尤莉迪丝成为尤莉迪丝的人格，答应父母做一个好女孩的承诺，以及20世纪40年代大环境下令人窒息的压抑都步步紧逼着那个女人，企图将她击垮，让她彻底放弃自我意识。但婚后不久，这位好妻子便发现，其实尤莉迪丝一直想要尤莉迪丝成为尤莉迪丝。于是，她再次不安分地做起白日梦，天马行空的想法吓坏了安德诺尔。

他怎么也不会想到自己竟然娶了一个不同寻常的女人。初识时，安德诺尔以为妻子对生活有的放矢：她真是个完美的姑娘。殊不知这只是尤莉迪丝切换双重人格的怪癖。安德诺尔以为妻子对事事百依百顺：她是个适合结婚的女人。殊不知尤莉迪丝的庸碌只是暂时的假象。他不知道妻子对生活的倦怠是有期限的。新婚夜里，尤莉迪丝带给他不愿再回想的惊喜，随后几年间，她更是忙于各种荒谬的创业。安德诺尔的忍耐到达了极限，他咆哮着提醒妻子婚姻的规则，勒令她立即收手。

*

最终，尤莉迪丝听话地收起手。制衣大业流产后她禁足于书架前的沙发上，终日昏昏沉沉，浑浑噩噩，一副半死不活的模样。一段时间后，安德诺尔被可怖的岑寂折磨得几近崩溃，他发现自己早已不在乎究竟是娶了第二个达尔瓦还是第二个玛丽娅·丽塔，男人满心满脑都是尤莉迪丝，他只要他的尤莉迪丝回来。为此，他必须尝试解开彼此的心结。

"晚饭后想去广场散步吗？"

"好像下周茉莉花要开了。"

"你已经好久没给我做马德拉酱烩火鸡肉饼了，顶着一团褐色配菜的那种。"

尤莉迪丝淡淡一笑："嗯。"什么都可以，都没问题，只要别让她开口就行。她累了，她想休息一下。在经历过校园折磨、竖笛狂热、眼神挑逗、果蔬店幻想、厨房霸业和缝纫艺术后，她决定投降，她宣布尤莉迪丝不想尤莉迪丝成为尤莉迪丝的人格赢得了这场战争。"妈妈，给我做条裙子吧，妈妈，帮我煮碗麦片粥吧！"孩子们提出各种要求，试图帮助母亲打起精神。这样的做法收效甚微，尤莉迪丝心中有一大片荒芜是他们怎么也无法走近的。

门铃响时，达斯·多勒斯会接待客人；客人走后，达斯·多勒斯会关好门。她已习惯不向女主人汇报，自行解决很多事情。

"啊,刀磨好了是吗?先生您稍等,我去取钱。嗯,是的,我要买面包,麻烦把这两个小面包记在古斯芒·坎佩罗家账上。"只有当遇到让她犯难的情况时,女佣才会走到女主人身边,将她从沉思中唤醒。

那周三,门铃再次响起,门外的场景让达斯·多勒斯不知所措。她走进客厅,在女主人和书架间站定。

"尤莉迪丝夫人。外面有个女人,自称是你的姐姐。"

6

吉达,她还是那么漂亮,如果以前她看着比尤莉迪丝成熟的话,那现在则更显苍老。为图方便,女人将头发在脑后随意绾成髻。左手提着那晚和她一同从亚历山蒂诺上校大街消失的箱子,右手牵着一个微胖的男孩,约摸塞西莉娅的年纪。她身穿一条绿色连衣裙,外面罩着一件米色风衣。

"我能进来吗?"

这是尤莉迪丝一生中最奇怪的拥抱,一个恍若隔世的拥抱,"让我摸摸,你是真实存在的吗?让我看看,你是真的真的正站在我面前吗?"这不是梦,吉达真的回来了,即使她早已不是从前的吉达,听完姐姐的故事后,尤莉迪丝得出了这样的结论。

某个周六午后,马科斯和吉达偶遇于欧迪恩影院外。电影开场后,小伙子便候在门口守株待兔。他看见那个长睫毛女孩进了影院,她总得出来。两小时后,吉达在女朋友们的簇拥下走出放映厅。他试图上前作自我介绍,她却并未停下脚步,继续朝前走着。当马科斯尾随她来到卡维咖啡馆时,吉达仍没有要搭理追求者的意思。她找到位子坐下,要了份巧克力闪电泡芙,慢条斯理地脱下白手套,品尝甜点的同时展示着自己纤长的十指。

吉达将男孩晾在一边,她享受被追逐的感觉,希望马科斯能像小尾巴似的一直跟在自己身后。杂志上、电影里、《女孩图书馆》中所描写的爱情不正如此吗?女人负责用如花美貌让男人神魂颠倒,男人从几秒的电击中恢复知觉后,会想尽一切办法赢得心上人的芳心。

这场爱情游戏中,马科斯认真地扮演着被赋予的角色。连续三个周六,他跑到影院门口守候吉达。吉达也不甘示弱,继续忽视他,欲擒故纵的把戏让青年更加斗志昂扬。一个月后,姑娘终于同意让马科斯参与她的甜点时间。吉达并不饿,她一小口一小口地吃着闪电泡芙,时不时用手指擦拭唇边的巧克力渍。自己的爱慕者出现后,她越发频繁地重复这个动作。马科斯坐在吉达身边,目光游走于闪电泡芙和女孩的娇唇间。

随后的周日，吉达告知了父母她恋爱的消息。当天下午马科斯登门拜访，他在圣特蕾莎街区的公寓内攥紧自己的帽子，惜字如金地回答着葡萄牙夫妇提出的问题。马努埃尔先生和安娜夫人并不认为这个年轻人值得托付，他太考究，太彬彬有礼，头发梳得太一丝不苟了。还有他的指甲，是专门做过护理吗？哦，我的天！

马科斯的父母同样不看好这段恋情。事实上，起初他们根本没发现儿子恋爱的蛛丝马迹。马科斯才不傻，他觉得吉达和自己身为国家公仆的家人间的首次会面，越晚越好。但儿子时刻身心愉悦的状态还是让父母起了疑。马科斯是六个孩子中的老幺，唯一的单身汉，一位天之骄子，必须和配得起他的名媛淑女成婚。他的哥哥们是这么做的，父母也是这么做的，所以理所当然地，马科斯也应该走这条老路。

三个世纪以来，马科斯的家族成员互相通婚，拒绝与族谱外的人联姻。只有这样才能保证精美绝伦的英式瓷碗和银质餐具不外流，刀叉碗碟碰撞间的歌舞升平永不休。在国家公仆们宫殿般的豪宅内，马科斯不是马科斯，而是若泽·马科斯·冈萨尔维斯·德·莫赖斯·蒙蒂罗·戈多伊。他的父亲奥古斯托·蒙蒂罗·戈多伊娶了玛丽安娜·冈萨尔维斯·德·莫赖斯，他们都是戈多伊·冈萨尔维斯和蒙蒂罗·莫赖斯的后代，冈萨尔维斯·莫赖斯和蒙蒂罗·戈多伊后代的后代，冈萨尔维斯·蒙蒂罗和戈多伊·莫赖斯后代的后代的后代。在这条古老血脉的延续中，偶尔会出现一个巴杜阿或一个卡斯特罗·利马,但人数众多的戈多伊、冈萨尔维斯、莫赖斯和蒙蒂罗让表兄弟姐妹与堂兄弟姐妹间的婚配变得毫无新鲜感。因此,自殖民地年代起,经历了帝国时代,到现在的共和国时期,家族成员们的名字始终在四大姓氏间不停地排列组合。

无休无止的近亲生育让整个家族的男女都拥有相仿的外貌特征。男人们的脸颊过度肥大,30岁前便头顶地中海。女人们生来没有腰身,远远望去就像一块块长方形木板。她们的体毛也特别旺盛,一些人会选择脱唇毛,另一些则根本不在乎小胡子会否削弱自己的女性美。此外,他们更大的相似之处在于,余额充沛的银行账户,数量众多的房产地皮以及各自库房内数不清的金币和粉珍珠项链。

偶尔会有一两个戈多伊或莫赖斯打破外貌诅咒,这得感谢仁慈的上帝和他们的母亲。这些女人的荷叶裙边下总燃烧着一股无名火,几个世纪间,两名牧师、三位医生、一个在里约山间迷路的探险者和五个年轻力壮的黑小伙缓解了她们身下涌动的燥热。马科斯就是这种灭火行动的产物,他高挑的身材和撩人的碧眼金发让全家族感叹物种进化的神奇,也让他母亲更加迷恋巴西的剧院。那个身形苗条的青年,那个她从若昂卡埃塔诺剧院过道上认识的男演员,为贵妇人索然无味的中年生活平添了些许激情。

帕拉伊巴山谷内有五个咖啡种植园,马科斯的父亲在其中一个里长大。1930年经济危机后,他变卖了四处家产,举家迁往联邦政府所在的博塔福古。种植园中剩下的由佩德罗二世国王御用木匠打造的长沙发和床尾榻,也一并被他搬进了新宅。没过多久,马科斯的父亲发现,单纯的政客比半经商半从政轻松得多,随随便便就能赚个盆盈钵满。不像他的父母和祖父母,仍须靠咖啡产业为政途铺路。正式竞选参议员前,他动用家族积累的官场人脉,为自己坐上里约市长办公室主任的位置,最终成为恩里克·多兹沃斯的左膀右臂打下了坚实的基础。

马科斯和父母、三个哥哥及他们的妻子同住在博塔福古的官邸内。两个哥哥正值仕途上升期,效忠于那些稳坐瓦尔加斯政府头把交椅的大佬,他们伺机而动,一步一步爬上金字塔的最顶端:弗朗西斯科·戈多伊已被提名为国家咖啡署署长。阿曼多·戈多伊被任命为联邦政府公共服务委员会主席,这个委员会实在太抽象了,以至于他都对部门的职能一头雾水。保罗·戈多伊从法律系毕业,在校期间结识了一些地位显赫的朋友,靠着他们进一步拓宽自己的人际网。他从朋友的朋友的口中得知里约即将成立联邦劳工法庭的内部消息。不久,他便如愿以偿地成为了巴西史上最年轻的法官。

马科斯的姐姐们并不住在博塔福古的豪宅里。一个姐姐嫁给了远房表兄,这位贵族至今仍对咖啡产业及从他曾曾祖父辈世袭的伊泰金男爵头衔深感自豪。婚后的五十年间,伊泰金男爵和男爵夫人终日坐在大宅的客厅里，看着石膏一点一点从墙壁上剥落。另一个姐姐嫁给了外交官，此刻正吩咐巴黎街头咖啡馆内的侍者再为自己添一杯香槟。她将陌生人聚拢到身边，激动地讲述着席卷拉丁女性的解放浪潮。

或许因为好不容易才摆脱没完没了的内部基因交换，马科斯并不想娶一个长方形的女人。整个家族的荣辱兴衰与他何干——这些人都是一丘之貉。开玩笑时的神情，古怪的举止，喜欢将鼻屎粘在桌底下的恶习，做鬼脸时抓破下巴的滑稽动作以及和所有除他们以外的人说话时的趾高气扬都让马科斯厌恶，也更坚定了他要挣脱那一长串姓氏，只做马科斯的信念。豪宅中的晚餐总令人坐立不安，饭桌更像嫂子们的竞技场。这些女人攀比着谁的丈夫更加出色，而她们对配偶的评判标准是各自身上珠宝的数量。

在家中，马科斯时常觉得自己犹如一条濒死之鱼，承受着看见的甚至是看不见的一切所带来的窒息感。他只需稍微集中精神，那些光怪陆离的景象便会从豪宅的各个角落里冒出来：冤魂们愤怒地揭露家族权力攫取的黑暗，一个接一个的戈多伊被谋杀。那些以没长小胡子的女人或头发茂密的男人为主人公的爱情故事全都无疾而终。长久以来，因近亲结婚而来到人世的畸形儿们，最终无声无息地从族谱及这个世界上消失。他们看似去了极乐天堂，实则留恋人间，仍对博塔福古豪宅中属于自己的财产虎视眈眈。这些兄弟姐妹游荡在偌大的冷宅里，贪婪地观赏着女人们的耳环和胸前的金项链。最终，马科斯的两个嫂子被秘密地送进了彼得罗波利斯山区的痨病疗养院。

沉重的精神负担让那些心思敏感的家族成员喘不过气，他们断言如果离开压抑的豪宅，自己一定能再长高几公分。马科斯深以为是。大部分时间里，他躲进医学院，泡在拉帕的酒吧内，穿梭于市中心的街道间。但和同龄的朋友们不同，他并不想成为一个二十多岁的登徒子。马科斯对彻夜狂欢、出入最新约会圣地毫无兴趣。还有那些让波希米亚人疯狂的桑巴沙龙，在他看来只是异类们毫无节制的狂欢。

马科斯唯一渴望的是能找到一个陪自己说话的人，安静地凝听他二十年来无法说出口的烦恼，弥补他感情教育上的缺失。当他从奶妈的怀抱中被扔到圣本托男校冰冷的板凳上时，他明白了男子汉不能因为思念奶妈而落泪（再也没有温暖的拥抱，再也没有充满爱意的亲吻）！他对生活美好的期盼自此被硬生生切断，他痛苦地发现，那些曾围着小猫咪割掉它尾巴的男孩，最终成了治理国家的领导人。

马科斯遇见吉达的那天正不遗余力地寻找这样一个知心人。当看见烫着大波浪卷、穿着及膝连衣裙、戴着小呢帽的女孩从眼前经过时，他感到自己长久的寻觅终究没有白费。现在，他只需要耐心地候在影院门口，等待那个姑娘出来。

吉达走出电影院，并且沿街吊着他在市中心绕了四个周六。

最终她开口回应小伙子的搭讪,在短短十分钟内了解了想知道的一切:这个男人名叫马科斯,今年21岁,是个医学生,笑容俊朗炫目。

马科斯高兴地发现,女孩对自己一长串姓氏的解释并不感兴趣。其实,吉达唯一的愿望是找到像加里·库珀那样帅气的另一半。医学院的一纸文凭能保证他们过上中产阶级的生活,这就够了,吉达的最高期待不过如此。还有,如果马科斯再把脸往右转一点,他的鼻子简直和加里·库珀的一模一样!

随着交往的深入,马科斯不可避免地谈起他异于常人的过往。比如:

没错,亲爱的,我去过葡萄牙,前往巴黎的路上经过里斯本几次。

又或是:

七月放假的时候我会到位于瓦伦萨的庄园休养,因为它比我家在雷迪森的庄园近一些。

以及:

我父亲搞政治，但那种事情对于你这么漂亮的姑娘而言太复杂了。

吉达意识到，她的男友不是金枝玉叶，而是龙血凤髓！她很开心，因为这意味着他们的孩子也将口含金汤匙出生，但同时又深感担忧：马科斯的家人一定不会喜欢自己。到后来她根本无法驱散内心的惶恐：马科斯只是在玩弄我，最后他会娶一位门当户对的世家小姐为妻！为了抑制这股不安，吉达决定限制彼此间的身体接触。马科斯只被允许与她牵手，每周蜻蜓点水般轻吻一次。除了吐出的话语，吉达嘴中的一切马科斯都无权分享，身体剩余的部分也只可远观。但吉达深谙撩拨之道，她樱唇微张，露出若隐若现的白牙；双腿交叠而坐，让它们显得越发纤细修长；走路时挺胸收腹，窈窕的身姿煞是迷人。

他们逛街时吉达会以领导者的姿态走在前面："今天我们看这部电影，然后去哥伦布咖啡馆喝下午茶。"在家中她是话题的引导者："快来瞧瞧杂志上这女孩的发型，我梳会好看吗？"

是的，马科斯总是好脾气地应着。三个月的电影院和客厅约会后（最近安娜夫人开始做起手工刺绣，因为她已没有袜子可缝了），吉达见时机成熟，决定巩固自己在这段恋爱关系中的主权，将疆土扩张至博塔福古的豪宅里。她提出了最令马科斯害怕的问题。

"我什么时候能去见见你的父母？"

"哦，亲爱的，这个吗……"马科斯的眼神飘忽不定，"那个，我父亲最近正在出差。"

"他为什么需要出差？他可是市长办公室主任，里约市的市长办公室主任啊。"

"乡下的村镇有好多事情需要他处理。你不会明白的，甜心，那种事情对于你这么漂亮的姑娘而言太复杂了。"

随后的周六吉达再次询问那些"乡下村镇里的事务"是否已处理好。

"还没还没，亲爱的。可能要等到下周。"

下个周六，吉达再次问道："乡下村镇里的事务还没解决好吗？"

看到女友双臂交叉撇着嘴好整以暇地紧盯自己，马科斯觉得是时候让那些"乡下村镇里的事务"被解决了，但他仍没做好将吉达引见给家人的准备。

"啊！我可怜的母亲哪！她的心绞痛又发作了。"

玛丽安娜夫人的心绞痛一犯便犯了四个星期。到最后，因为害怕再也看不到女友双臂交叉的样子，抑或更糟，再也看不到女友，马科斯决定缴械投降，结束这场周旋。

"下周六和我的家人一起吃午饭，亲爱的。"

*

　　玛丽娅·达斯·多勒斯端着一壶咖啡和一碟点心走进客厅。吉达停下叙述,接过女佣递来的茶杯,背靠上沙发。

　　"你还记得我第一次去马科斯家的那周吗?"

　　尤莉迪丝喝下一大口咖啡,仔细搜索着记忆。

　　"是我们打架的那周吗?是吗?我记不清了,你后来再没和我说过话,吉达。"

　　"是啊,没错,我们再也没有说过话了。但你知道吗,尤莉迪丝,那段时间我太痛苦了。我真的很爱马科斯,我时时刻刻都在担心,我不知道他为什么不愿意把我介绍给他的家人,我……弗朗西斯科?"

　　吉达转向身旁那个正在看连环画的男孩。

　　"你为什么不去花园里玩会儿?"

　　"我不想去。"

　　"去动一下,弗朗西斯科。那样对你的身体有好处,听话,快去。"

　　"我不要。"

　　"现在就去花园,弗朗西斯科!"吉达厉声命令道。

　　"我不去!"

　　"你必须去!"

"我不去！"

吉达看着男孩，双手紧紧地绞在一起。尤莉迪丝见状赶忙上前打圆场。

"你想不想看会儿电视？"

男孩点点头。尤莉迪丝起身打开电视机，西科[1]盘腿坐在地上，一声不响地注视着屏幕。吉达松了口气，但仍不停地绞动双手。

"我从未向你提起过那顿午餐，尤莉迪丝。那顿午餐后，我的生活开始四分五裂。"

*

周六，吉达按照地址找到了马科斯家。她身穿崭新的连衣裙，翻领处别着一枚花形胸针。蓝色的呢帽扣在脑袋上，单肩手包让整套行头更具时尚感。她戴着仿金圆圈耳环和父亲送给自己的金项链，圣母圆盘吊坠安静地垂于胸前。吉达向大门口的守卫说明来意后被领至正门，正门的一位男管家又将她带进右侧的小厅，厅内的侍女迎上来询问她是否需要咖啡，摆手拒绝后吉达的屁股终于沾上椅子，乖巧地等待马科斯来接她。

脚步声由远及近。

---

[1] 西科，葡萄牙语男子名弗朗西斯科（Francisco）的昵称。

"亲爱的，我来了。"

马科斯亲吻了吉达的面颊，牵着她走进蓝厅，所有家人正聚在这里聊天，等午饭准备好后去黄厅用餐。

那个午后，吉达学到了很多东西。她学到了在三位年轻女士不怀好意的目光中，挂着圣母吊坠的金项链只不过是廉价的黄铜。她学到了和一个人说上半小时的话，对方却可能连一个字都没听进去。这个人就是马科斯的母亲。她只热衷于谈论自己：在里约还有沙龙晚会的年代，她一直是最受追捧的女王。多娜玛丽安娜大街以她祖母玛丽安娜·冈萨尔维斯·莫赖斯的名字命名。她还是巴西剧院的长期赞助者，但现在正考虑将资金转投给国家游泳队的小伙子们。吉达还学到了和另一个人说上另一半小时的话，对方也可能连一个字都没听进去。那个人就是马科斯的父亲。不论她说什么，那个奇怪的男人总是用一种薄凉的眼神睨着自己，仿佛她口中的每个字母都无关紧要。她学到了一顿牛排餐可以吃很久很久，即便是泡芙这样的甜点也会让人食不知味。她重新认识了马科斯，发现他和她一样，都是那个家庭的局外人。还有马科斯的哥哥们，全程看着她胸前的圣母吊坠，并非出于虔诚的信仰，只不过这块吊坠是吉达全身上下唯一入得了他们眼的东西。

当吉达从黄厅被带到蓝厅，从蓝厅被带到候客室，从候客室被带到大厅，从大厅被带到正门，从正门被带到大门口后，女孩知道，自己一辈子都不会再踏进这里半步。沉重的铁门在她身后关上,吉达如释重负。

马科斯陪着女友,一言不发,牵起她的手往电车站走去。他们离豪宅越来越远,吉达胸中的怒火也越烧越旺。这帮伪君子居然像对待砧板上的鱼一样对待她。都什么年代了,马科斯的家人居然还用"你知道自己正和谁说话吗?"的陈词滥调侮辱人。他们以为自己正和谁说话?站在他们面前的可是吉达·古斯芒,一个永远不会向现实低头的女人!她的人生字典里没有"失败"二字,所有的困难都是她前进的动力,吉达·古斯芒会越挫越勇!电车快要到站时,她握紧男友的手:

"马科斯,我一定要将你带离这个鬼地方。"

*

两个月后,他们结为夫妇。在太平绅士面前签下一纸婚书。吉达穿着款式简洁的亚麻连衣裙,手捧一束橙花,素色如锦。结婚仪式后,这对小夫妻回到位于维拉伊莎贝尔的出租屋内,马科斯终于被允许和吉达同房。

马科斯的父母永远不可能同意这桩婚事,吉达的父母也永远不会接受得不到家人祝福的新郎娶自己的女儿。那段时间,年轻的情侣左右为难。最终,吉达决定快刀斩乱麻:她和马科斯是两个意志自由的人,完全有自主选择婚姻的权利。他们会结婚,并且会搬到离圣特蕾莎和博塔福古都很远的地方。马科斯有一笔小积蓄,足够支付他毕业前那几个月的房租。拿到文凭后他可以开一间诊所,生活也将逐渐步上正轨——新家落成,诊所开业,病人们络绎不绝,看诊的收入足以支撑两人的日常花销——到那时,吉达会重回父母身边,向他们解释离家出走的原因。自己和马科斯的小家也会热闹起来,加入安娜夫人、马努埃尔先生和尤莉迪丝这三位新成员。

"我并不想躲你们那么久。"

尤莉迪丝迷恋地看着姐姐,她已经很长时间没能对任何事物或人如此上心了。

"但是吉达,你再也没有出现。"

吉达垂下眼,清理着桌上的饼干屑。

"你知道驴子尾巴的游戏吗?"

"什么?"

"驴子尾巴的游戏。遮住孩子们的眼睛,让他们把手上的驴尾巴准确地按到驴子身上。我们小时候在教堂聚会时常玩的那个游戏。"

"嗯,我知道。"

"生活和这个游戏一样,尤莉迪丝。我们时常对自己所做的一切深信不疑,可猛地发觉,一双眼睛正被蒙着,而我们自认为对的事情其实全是错的。"

7

那是吉达人生中最快乐的几个月,她嫁给了心爱的男人,一切都是如此完美。小两口住进一间不大不小的屋子,吉达可以慵懒地阅读她最爱的女性杂志,一整日不离开沙发。也可以花一下午的时间,为丈夫把自己打扮得漂漂亮亮。没有人会拍打厕所的门催促她快点,也没有人会因为她不想说话而严声苛责,她再也不用在果蔬店的收银台前坐上两个小时了!有时,她会招呼邻居来家里喝咖啡,交流蛋糕烘培的食谱以及家庭清洁和个人护理的小秘诀。她的确会忍不住思念父母和妹妹,但吉达自我催眠,用不了多久他们就能重逢。马科斯的诊所大业迟早会成功,到时候她一定要以胜利者的姿态回归圣特蕾莎,一手戴着金戒指,一手牵着名医丈夫。

马科斯也摇身一变,变成另一个人。更确切地说,以前的他才是另一个人,现在他做回了自己。耳畔不再有母亲的唠叨,她总爱重复埃芒加德、玛丽娅·埃斯特尔和伊莎蒂娜这三位表妹如何如何好,可马科斯和她们完全不熟!他只记得当初一起去庄园度假时,几位表妹浓密的毛发堪比毛毛虫。"毛毛虫还会化茧成蝶呢!你根本无法预见这些小丫头将来会变成多么美丽的女性!"也不用承受来自老戈多伊关于学业的压迫了,每当有人向父亲通风报信说马科斯学习态度不端时他总会大发雷霆,随后又无所谓地耸耸肩:"谁让系主任是我多年的好友。"更无须避开嫂子们,那几个精通偷窥艺术的女人,下流的眼神时常在自己身上流连。还有哥哥们,孩提时代就喜欢把他和蟑螂一同锁进父母房中的木箱里。即使马科斯成年后,兄长们仍变着法子对他百般折磨。如今,青年终于挣脱家庭的桎梏。豪宅外的一切让人神清气爽,好像直到现在,马科斯才真正学会如何呼吸。

十一月末,马科斯从国家医学院毕业,并在瓦尔加斯总统大道上一座新翻修的大厦里开出一间诊所,诊所门口挂着一块标志:马科斯·戈多伊——全科医生。他还专门订制了五件白大褂,每件的右胸袋上绣着他名字的大写首字母,M.G.。诊所每周一到周四上午九时至下午五时提供看诊服务,周五闭门歇业。马科斯和吉达刚开启的新婚生活甜得蜜里调油,每周两个白天和七个夜晚根本不够这对小夫妻浇灭燃不尽的欲火。

营业几个月后,马科斯医生无条件的快乐消失不见,生活不会永远顺风顺水。原本人满为患的候诊室变得门可罗雀,生意好的时候也仅有零星一两名病人，更多冷清的日子里，诊所中空空荡荡，只剩年轻的医生匍匐于桌前，整个下午在笔记本上玩着井字游戏，试图自己战胜自己。

事实是，比起全科医生，马科斯更像一个江湖郎中。尽管极力想和家族撇清关系，年轻人骨子里仍保有属于他姓氏的傲慢。马科斯胸有成竹地认为，能够像祖先治理巴西一样搞定自己的学业：金钱可以买来文凭，自大可以带来学识。他的祖父母及曾祖父母成为男爵和庄园主时花费的工夫可比他现在少得多。马科斯志愿从医，而对于蒙蒂罗·戈多伊们而言，实现愿望不过是打一个响指的工夫，"啪嗒"一声，源源不断的金钱便为他们所用：收买人心，准备刀剑、手枪、鞭子以及一切加速达成目的所需的工具。

马科斯是对的：金钱确实让他顺利毕业。他雇用了一名清贫的穆拉托人同学去解剖学课堂代自己签到，大大小小的测验也由他替考。他们在韦尔梅利亚海滩考场后的角落中秘密交换试卷，纯熟的手法保证每次犯案都万无一失。这名黑白混血儿能力卓群，毕业后自立门户开了诊所，并于里约最好的几间医院内坐诊。他将那段贫困的岁月抛到身后，从一个被人嫌弃的半黑人种变成和白人平起平坐的上等人。马科斯偶尔会参加几堂理论课，紧赶慢赶地涂写作业。平日只有坐上电车后，他才会打开笔记本思考学业，其余时间他脑中只有吉达。

文凭终于到手了,可"啪嗒"一声的响指并没能同时带来知识。当诊所里出现复杂病例时,马科斯手足无措。一位小姐胃疼,马科斯给她开青霉素。一位病人静脉曲张,马科斯又给他开青霉素。流感也开青霉素。猩红热?青霉素。腮腺炎?还是青霉素。血栓?当然是青霉素。马科斯并不清楚他惯用的止疼神药有哪些具体功效,只要对人体无害就行。

青霉素药方称不上很严重的错误,因为在那个年代,抗生素的确可以治疗半数病症。但问题就出在另一半,那些青霉素起不了一丁点儿疗效的疾病。这种情况下,病人们只能依靠诚心祷告和免疫力顽强地与病魔搏斗。那个患有血栓的老太太终日祈祷,落得一条腿被截肢的下场;那个饱受胃疼折磨的小姐寄希望于自身抗体,最终难逃胃溃疡的魔爪。当命运被烙上"不幸"的印记前,她们最后一次来到马科斯的诊所。年轻的医生摸了摸下巴,竖起食指,煞有介事道:"现在,我们只需要要做一件事——调整青霉素的剂量。"

马科斯之所以能浑水摸鱼这么久还得感谢那个爬上母亲床榻的男演员赐给他一副好皮囊。看看,这位身材高挑、拥有淡蓝色眼瞳、肌肤白皙如雪的优雅绅士怎么会做出伤害病人的事呢?

然而,世间没有不透风的墙。美貌庸医的事迹很快被里约的家庭主妇们交口相传。不久,流言蜚语便掏空了马科斯的候诊室。他只得继续坐到桌前玩井字游戏,握着笔的手止不住用力,直至笔记本中的纸页被划穿。下午四点,他起身关上灯,垂头丧气地回到家中。吉达笑意盈盈地站在门口:"亲爱的,今晚吃烤牛排。"男人发现,往日下班后见到妻子时的雀跃今天缺席了。

几周后,马科斯宣布,他们将搬家。

"我们要搬去彼耶达迪,亲爱的。一个宁静安逸的地方,你肯定会喜欢那里。"

半夜举家搬迁让吉达心生疑惑:"非得这个时候走吗,亲爱的?搬运货车就不能换个时间来吗?"丈夫口中宁静安逸的新家也让吉达觉得不可思议。这里?宁静安逸?!好吧,如果马科斯认为时刻有火车从家门前开过能给内心带来平静的话,她无话可说。

小夫妻在彼耶达迪的生活不尽如人意。习惯了博塔福古豪宅内宽敞的凉亭和卡拉拉大理石,住进维拉伊莎贝尔的房子对马科斯来说已是屈尊降贵。但那间屋子虽小,至少五脏俱全——简单、干净,不缺生活必需品,里面还有穿着低胸裙和紧身内衣的吉达。可自从搬到彼耶达迪后,马科斯开始以自然主义作家的目光打量四周,即使香喷喷、软绵绵的吉达也无法为这个破败的地方加上柔美的滤镜。浴室的水龙头不分昼夜地滴水,在白色洗手池中留下一条条锈痕;天花板潮湿的角落里霉迹斑斑,老旧的地板踩下去吱嘎作响;客厅的白墙上布满悬挂画框时留下的钉子孔,厨房奇小无比,地上还缺了好几块瓷砖。

新家周围的环境更让人无语——门前是火车轨道，旁边是家禽市场。一打开窗，火车车厢扬起的灰尘迎面扑来，家禽刺鼻的臭味熏得马科斯直掩鼻；一关上窗，闷热感又逼得人喘不上气。家中被饥饿的蚊子占领，马科斯寡不敌众，不得不拿枕头盖住脸才能入睡，他再也没有闲情逸致去欣赏星光下吉达诱人的胴体了。还有邻居们养的那几只斗鸡，清晨五点就"咕咕咕"地引吭高歌，不但吵醒了男人，还唤醒了家禽市场中的母鸡们，"咯咯咯"地一同加入晨间大合唱。这"咕咕咕咯咯咯"的魔鬼之音会让任何一个头脑清醒的人发狂，马科斯恨不得提上大刀，以最血腥的方式让这些歌唱家闭嘴。

几个月后，马科斯再次宣布，他们将搬家。

"我会把诊所搬到萨恩斯佩尼亚广场一栋新的大厦里，那里硬件设施一流，不愁没人来看诊。"

吉达从锅中盛出鹰嘴豆汤，无声地点了点头。现在他们几乎每晚都喝鹰嘴豆汤，上面可怜兮兮地漂着三片腊肠，马科斯吃两片，吉达吃一片。丈夫的积蓄已经所剩无几。幸而吉达是葡萄牙移民的后代，她擅长用动物内脏烹饪出一顿得体的晚餐，第二天再用残羹剩饭捣鼓出一顿丰盛的午餐。但是为什么？她，一位医生的妻子，买菜时需要缩手缩脚地数着手里的硬币，而住在街尾的坎东伯雷巫毒教神父和他的老婆能一周吃上五顿肉？

萨恩斯佩尼亚广场诊所内的好日子也屈指可数。不久，马科斯再一次呆坐在空无一人的诊室里。归家路上，他重重地跌入火车座椅，疑惑着居然还有金钱无法买到的东西。罢了罢了，即使能买到，如今他也买不起，他没有钱了。

四月中旬，马科斯突然顿悟，那是一场由蚊子引起的顿悟。三月充沛的雨水积蓄在花盆中，为各类蚊虫提供了绝佳的繁殖场所。数量众多的蚊子野心勃勃，连分布于家中大小角落内的蚊香也拿它们没辙。蚊子们不知疲倦地围绕吉达和马科斯转悠，惹得小两口不停地摇头晃脑，举起手来回挥打以获得片刻安宁。某天夜里，马科斯觉得有一只蚊子钻进了他的脑袋——"嗡嗡嗡"的声响由内而外震着耳膜。黑暗中，他挥手使劲拍打耳朵。

凌晨三点，马科斯睁开眼，不确定自己是否真的入睡过，因为他好像刚从一场噩梦中惊醒。但何来噩梦，身边的一切就是最大的噩梦。马科斯本是个迟钝的人，但此刻，他的大脑正飞速运转，消化着所有信息。一间破如贫民窟的屋子，每晚餐桌上难以下咽的鹰嘴豆汤，入侵生活的斗鸡、母鸡和蚊虫，日出前便从家门口"呜呜呜，哐当，哐当"驶向市中心的火车，还有那个扰人的律师，总是追在自己屁股后面跑，指控他让病人丢了一条腿。那个烦人精究竟是怎么想的？他有办法做出一条新腿吗？吉达，吉达最近也不对劲，她总是双手叉腰，怀疑这怀疑那，抱怨这抱怨那，那句"为什么我们要过得如此拮据？"他都听腻了。

床上和吉达旖旎的画面已无法将马科斯从噩梦中救赎。金钱真的能买到快乐，而快乐就是住进没有蚊子的房间，即使这房间位于博塔福古令人毛骨悚然的豪宅内。马科斯起身下床，穿好挂在椅子上的衣服，朝屋外走去。经过门旁的小桌时，他给妻子留下一条口信。

那条口信是他的婚戒。

"那个男人就是这么对我的，尤莉迪丝。他把我独自留在屋里，让我自生自灭。"

哦，这故事简直比广播电台放的肥皂剧还精彩。达斯·多勒斯躲在厨房门后，偷听着她们间的谈话。

*

马科斯起身的那一刻吉达就知道他要离开。女人一直醒着，眼睛半合，没有出声。她并未上前抓住丈夫的胳膊尖声质问，因为她清楚，自己几个月前就已失去马科斯。眼前的不幸都始于他们婚后日益衰败的物质生活，而马科斯的离开最终粉碎了和谐的假象。让他走吧，吉达想着，他兜兜转转总会回来。最多两周，两周不到他就得跪在我面前，祈求重新回到我们的小家，向上帝向我发誓这一切绝不再发生。虽然这里蚊虫肆虐，但总比博塔福古幽灵出没的老宅好得多。

两周后，马科斯仍没有回来。吉达不得不承认，很多事情并不如她想的那样理所当然。而现在,她唯一能确定的是,自己怀孕了。女人整日整日呕吐,只能勉强吃下夹着马拉盖塔椒的玉米面包,她觉得有必要告诉马科斯他要当爸爸了。孕吐稍稍缓解后,她朝诊所走去。

吉达踩着高跟鞋,穿着镶边连衣裙,领口别着小花,还涂着口红,准备待会儿为说出马科斯,跟我回家造势。她在萨恩斯佩尼亚广场上的大厦前停下脚步,向周围的人询问起马科斯·戈多伊医生。

"他已经不在这里工作了。"门卫说道。

"不可能,先生。就是那个长得很高,总是穿着白大褂的人。那个医生,眼睛是浅蓝色的医生。"

"我说的就是他,女士。最近常有人来找他。前几天是一个律师,还有一次是一位妇人和她戴着眼罩的女儿。那位夫人看上去生气极了。"

吉达感到心脏正在胸腔里剧烈地扑腾。她冲上电车赶至博塔福古,还没走近豪宅的大门就被守卫拦下:"没有叫马科斯的人来过。"她又去了市政厅,向市长办公室主任讨说法。两小时后,一位秘书告诉她,戈多伊先生并不清楚儿子的行踪。

当她坐上返回彼耶达迪的火车时,天色已暗。到家后,吉达拿出藏在面粉罐里的备用金,还够支撑两个月的生活。她评估了一下家中的财产,盘算着能卖多少钱。马科斯的婚戒是第一个要被典当的东西，还有他那些质量上乘的鞋子和西裤，应该也值几个钱。算完账后，吉达特别想清扫屋子：她为地板打蜡，把洗手间拖干净，为家具上好护理木油，用扫帚捣掉天花板角落里的蜘蛛网。换下床单，洗净后挂在晾衣绳上。拿抹布擦掉盘子上的酱汁，握着铝锅里里外外冲洗。随后，她将切好的洋葱扔进烩饭，用橄榄油煎了两个鸡蛋，坐到桌前，开始吃这几天第一顿像样的饭菜。

收拾完厨房，吉达坐上沙发，摩挲着胸前的圣母圆盘吊坠。谁说她不能独自抚养孩子？这个月的房租先赊账，然后在某个清晨逃到一个谁也不认识她的地方重新开始。她无须改变容貌，也能继续佩戴婚戒，可以对邻居们声称自己是个寡妇，急需一份工作，但必须在肚子显怀前找到落脚处，这样当老板发现怀孕的实情后才不会有勇气辞退她。生产完她一定能找到帮忙照看孩子的人，毫无后顾之忧地重返工作岗位。

嗯，就这么办。吉达在心中为自己打气。她一定能克服眼前所有的困难。她关上台灯，起身准备就寝。可能由于动作过急，一阵头晕目眩后吉达跌回了沙发。

不，这一切都是痴心妄想。这一切都是荒唐的白日梦！我要怎么伪装成寡妇？谁会给我一份工作？即使找到工作了，生完孩子后怎么办？难道要我说，是这样的，老板，我需要在家休养一段时间，可能三个月，可能更久，您可不可以保留这份工作并且继续支付我工资呢？还有，孩子生下来要交给谁？世界上根本没有那种让妈妈们白天寄养孩子、下班后再接走的地方！

不行，她的设想不具任何可行性。当下唯一可行的是回去找父亲和母亲。让骄傲自尊什么的见鬼去吧。她只能向父母交代一切，请求原谅，请求被重新接纳。

翌日，吉达收拾好自己准备出门，没穿高跟鞋，没涂口红。搭乘一列火车再转乘一辆公交车后，她才坐上前往圣特蕾莎的有轨电车。离家越近，放弃为人母、永远承欢父母膝下的想法就越甚。她想重回安娜夫人温暖的怀抱，接受亲昵的爱抚，每晚像孩子般酣然睡去，不用多虑明天是否依旧美好；她想靠着父亲的肩膀从美梦中醒来；她想和尤莉迪丝一起喝热乎乎的粥，每个早晨，每一天。

列车载着吉达向前行驶，果蔬店和马努埃尔先生的那双眼睛由远及近，慢慢变清晰。母亲和妹妹应该在家吧，她们一定正忙着准备午餐呢。吉达下车后，快步朝果蔬店走去，再次与父亲面对面的心情越发迫切。她踏进店门的瞬间，马努埃尔先生低下了头。

"爸爸？"

……

"爸爸？"

……

"是我，爸爸。你的女儿，吉达。"

马努埃尔先生仍旧低着头，紧咬的牙关松了松，为这场重逢画上句号。

"我只有一个女儿，她叫尤莉迪丝。"

*

吉达连夜搬至埃斯塔西奥。清晨，她一身黑衣站在小出租屋的窗边，向隔壁邻居做着自我介绍："我叫吉达·古斯芒。来自波苏斯-迪卡尔达斯。是个寡妇，没有家人。"她告诉对街的邻居自己急需一份工作。

"如果有合适的机会我会通知你。"邻居友好地回应道。

午饭后，吉达走出家门，准备好好认识这个新街区。这儿有一片杂货店、一间面包店、两家酒吧和一些小饰品店。我可以尝试在这些店铺中找份工作，她规划着自己的未来。下午，浓浓的困意席卷全身，吉达匆匆赶回家，掀开被子躺到床上。

搬来埃斯塔西奥，怀着两个月的身孕还想找工作，她居然真干了这么荒谬的事。自己最该做的难道不是尽快摆脱这个孩子吗？没错，孩子不能留。吉达走进厨房，用铁锅煮了几根肉桂棒，将沸腾的棕色液体倒入茶杯。喝下这杯肉桂茶就能和肚子里的小生命说再见，然后开启她的新生活，即使免不了波折坎坷，但一切定能否极泰来。

吉达站着,等滚烫的茶水冷却。当杯子不那么烫手时她觉得最好再等一会儿。最后,棕色的液体彻底变凉,冰冰凉。吉达捧起茶杯,双眼愣怔。倦意再次袭来,她想睡觉。明天再说吧。明天。

第二天,吉达来到杂货店,询问老板是否需要帮手。

"你有相关工作经验吗?"

"我过世的丈夫是开果蔬店的,后来因为债务问题变卖了店铺。"

"你会收银结账吗?"

"会,我会,先生。"

泽先生开出工资,吉达连连点头。能有个漂亮姑娘坐在收银台前对泽先生而言是桩美事,能有钱支付生活开销对吉达而言也是桩美事。

接下来的几个月,漂亮姑娘越来越臃肿,泽先生对此睁一只眼闭一只眼。直到某天,吉达将老板拉至杂货店的角落,声泪俱下地讲述着丈夫在自己刚怀孕时就撒手人寰的悲惨故事。女人的眼泪软化了泽先生的心,他安慰吉达:"没事,都过去了,孩子。你可以继续留在这里工作,以后的事我们以后再说。"

吉达清楚自己该怎么做,等孩子出生后找户好人家收养他,这是继续生活的唯一方法,她不能再一意孤行了。女人故意忽视日益变大的肚子,也不理会腹部偶尔传来的绞痛。当那个小东西用脚踢她的肋骨时,吉达不耐烦地威胁道:"再闹,再闹马上去医院，从医院出来就把你送进孤儿院。"

计划的第一部分如阪上走丸，进行得相当顺利。直至某个周日早晨，吉达感到腹部传来分娩前的阵痛，她觉得可以忍受，决定步行前往医院。然而，痛潮愈演愈烈，一浪接一浪地冲击着神经。当她到达红十字广场时，早已战栗地合不拢腿，最终被好心人送进医院。吉达意识涣散，只隐约记得自己坐在走廊的尽头（还是大厅），独自等待了两个小时（四个小时，或是六个小时），难以承受的疼痛让这位产妇弓起身子。突然，一阵剧烈的抽痛传遍四肢，她差点昏死过去。吉达垂下头，看见了孩子的脑袋。身边围上几个护士，手忙脚乱地将她推向产房。神魂失据间，吉达听见四周回荡着撕心裂肺的吼声，那些不知道她名字的人催促自己用力，用力。婴儿的啼哭声，肮脏的地板，被血染红的白大褂……陌生人进进出出，这里好似果蔬店门前熙熙攘攘的大街。吉达被抬上担架（也许是轮椅）送回病房，气力殆尽。当她终于撑不住，快要在布满其他女人头发和新鲜血污的床上睡去时，有人送来一个白色小包被。

"别把孩子放这儿。"

"医院婴儿床位紧缺。"

以前的吉达绝不会允许这个刚从肚子里蹦出来的祸害留在身边过夜。但那时的吉达身心交瘁，如果呼吸也需要使劲她宁可憋死。女人换了个舒服的姿势，准备好好睡一觉。眼皮搭上的瞬间，心没由来地一紧，不能让小包被掉下床！吉达费力地睁开眼，挣扎着挪动身子，将婴孩搂进怀中。如果她曾想过抛弃他，那现在她反悔了，她宁可放弃一切都不会放弃自己的孩子。吉达将小婴儿贴到胸前，心底涌起的坦然让她动容。有你在我身边真好，弗朗西斯科。

　　她再也不是孤身一人了。

8

当吉达回到家时,发现门口放着一个袋子,里面装了些小衣服和尿布,还有不知从何而来的婴儿床、奶嘴、奶瓶和一把拨浪鼓。在那个年代的埃斯塔西奥,单亲妈妈生下的孩子会得到一整个街区的教父教母。吉达并不是第一个编出荒谬故事,独自来到这里的姑娘,她只是众多迷途少女中的一个。那些女人因为一时失足,婚姻状态一夕间发生了改变。

每个有能力的人都可以选择向他人伸出援手。当埃斯塔西奥的居民了解吉达的情况后,他们的选择是,向她伸出援手。对街的邻居送来一锅玉米粥:"快喝了它,能帮助催奶。"隔壁的邻居主动帮忙洗衣服:"我来吧,你还太虚弱。"另一位邻居将亲自钩织的小毯子和小红鞋送到吉达面前:"这些会给孩子带来好运。对了,你认识菲洛梅娜吗?"

"菲洛梅娜?"

对，菲洛梅娜，埃斯塔西奥曾经最受欢迎的妓女。她不是最漂亮的也不是活儿最好的，却是最迷人的。这个女人的笑容过于明朗，明朗到男人们只想在她胸脯前沉沦。直至某天，招牌笑容消失不见，几颗蛀牙跟着掉落，菲洛梅娜不幸染上梅毒，脸上生出瘆人的红斑。一下子，她的客人全跑了。那些于困苦时期受过菲洛梅娜照拂的人送来食物和救济品，她这才没活活饿死。对菲洛梅娜来说，金钱就像人类呼吸的空气，免不了进进出出。

她并不想靠施舍度日，于是开始为一位白天需要工作的母亲照看孩子。那位妇人和她的儿子对菲洛梅娜赞不绝口，不久，越来越多的母亲慕名而来。如今，菲洛梅娜成了埃斯塔西奥最受欢迎的保姆，她的三居室内日日夜夜都能看见孩子们的身影。

"超过七个就不行了，我一次照看不了那么多。"当第八个母亲出现在公寓门口时，菲洛梅娜无奈地拒绝道，"你可以去玛丽娅·达·佩妮娅或者艾菲杰妮娅那儿碰碰运气。"

期望落空的女人嘟起嘴，询问菲洛梅娜什么时候能有空位。

"等现在这几个小鬼到了上学的年纪我会通知你。先去笔记本上登记一下。"

打开笔记本，年轻的妈妈在一长串名字下写上了自己的。

菲洛梅娜从不体罚孩子，有一套做规矩的独门秘诀，那声声塞壬之音能让全世界对她言听计从。每到午休时间，小不点们都吵着要和她一起睡。菲洛梅娜右手揽过一个，左臂弯里躺进另一个,胸前趴上第三个,剩余的孩子聚拢于周围,大家窝在同一张床上。女人仿佛被孩子网缚住了手脚,动弹不得。菲洛梅娜在屋内走动时,屁股后总跟着一串孩子,谁也不想远离亲爱的保姆。

所有的妓女、工厂女工、公司女职员都不介意自家宝贝被另一个女人百般呵护。孩子们只想时刻黏在菲洛梅娜身边,一听见"回家"二字立马耍起脾气。

"不可以哭哦,小保罗,明天你又能回到这儿啦。"菲洛梅娜一边柔声细语地安抚着金发小男孩,一边不轻不重地将他从自己身上撬开。

从未有人见过悲伤或者心情不好的菲洛梅娜。她不是乐呵呵的就是笑哈哈的,尽管并没有什么特别好玩的事发生。为了不吓到别人,每次她都掩口而笑。可有时候有些事情实在太好笑以至于她忘记了手部动作。于是,那个笑容冷不丁地映入所有人眼帘——咧开的大嘴、颤动的扁桃体和好几个烂至牙根的龋洞。

菲洛梅娜一直不忍心拒绝可怜无助的母亲,尤其像吉达这般孱弱的单亲妈妈。"我轻轻一戳你就能摔倒。"她们初次见面时菲洛梅娜皱着眉说。女人对新生儿更是没有抵抗力,怀里的小东西会让她想到自己的八个孩子。五个被别家收养,另外三个被她当时的伴侣活活闷死在出租屋后。

"他们都是小天使,提前去天堂等我呢。"菲洛梅娜扯了扯嘴角,笑意不达眼底,口中的异味从她缺失的齿间飘出。

菲洛梅娜提议吉达来她家坐月子。吉达并未推拒，不仅因为身边已无可依靠之人，还因为那个女人能带给她平静的心绪，一种久违的平静，让她忆起几年前的单身岁月，听着尤莉迪丝的竖笛声安然打盹儿的岁月。很久以后，当这份平静离她远去时，吉达才明白自己弄丢了什么。

在新家的一间卧室里躺下，望着身旁白色婴儿床的铁护栏，耳边不时响起客厅中孩子们的嬉闹声，这么长时间以来，吉达第一次睡了个安稳觉。

西科随母亲，生来便心明眼亮，懂得如何讨吉达和菲洛梅娜的欢心。小娃娃依偎在她们怀里恬静地做着美梦，乖巧的模样任哪个女人见了都想把他掳回家。菲洛梅娜由衷希望这个小不点永远不要长大，不要离开。西科简直是吉达的翻版，唯独那双眼睛像极了他的父亲。起初，吉达很苦恼，孩子的蓝眼睛让她饱受痛苦回忆的煎熬。后来，西科的蓝色瞳仁渐渐泛出与马科斯不一样的光泽，当吉达再次望向那抹独属于小家伙的蓝时，眼前只有自己的儿子，再无其他。

菲洛梅娜教会吉达如何往西科的额头上敷湿棉花："这样能止住打嗝儿。"同时叮嘱她不要再给儿子吃大豆："那东西容易让孩子腹绞痛。"末了，她还不忘将年轻的母亲塞进紧身塑腰带里整整三个月："虽然身材会自行恢复，但你又不是死人，要主动努力上进。没有腰身的女人会让男人觉得自己抱了根木桩子。"她每周给小婴儿喂两次炖鱼糊："多吃这个才能变聪明。"菲洛梅娜会亲自挑选鱼头，在鱼市关门前赶到大甩卖现场，从鱼贩子留下的边角料里拣出最好的部分。

"我以为你今天不来了，菲洛梅娜。"

"怎么可能，约尔先生。我的西科还等着吃鱼呢。这里是十五雷斯[1]，看看能帮我凑些什么。"

菲洛梅娜接过满是海腥味的袋子朝家中走去，向每个路人投以友好的微笑。

日子一天天流走，吉达已能够下床跑圈，西科开始撑着墙壁蹒跚学步。母子俩并没有离开菲洛梅娜的打算。吉达主动帮忙照看孩子们，看得了一个，就不在乎多看两个、三个、四个。菲洛梅娜也欣然接纳了两位永久的客人，养得起一个，就不在乎多养两个、三个、四个或是十个。吉达退租后，雇用一辆手推货车把自己小屋内为数不多的行李搬进菲洛梅娜家，并将一幅圣母阿帕雷西达的画像挂在西科摇篮对面的墙上。一个新家就此诞生，一个属于西科、他的两位妈妈和许多兄弟姐妹的新家。

吉达从产后体虚中恢复，也逐渐走出被抛弃的阴影。谁说她不能独自抚养儿子？她现在正养着，而且会越养越好，这是谁都不能否认的事实。思及此，姑娘再次昂起头挺起胸，光彩熠熠地

---

[1] 雷斯，巴西1942年以前使用的货币单位。

走上埃斯塔西奥狭窄的人行道。

满溢的自信让男人们如遭电击。当吉达与他们擦身而过时，所有人都张大了嘴，热情的邀约不断从唇间进出。女人别过脸，闭上眼，无声地拒绝着一波又一波的搭讪。

吉达无心考虑儿女情长，如今她生命里唯一的男人是西科。小男孩半夜惊醒时总喜欢"噔噔噔"跑向妈妈的床，那个怀抱实在太温暖啦。渐渐地，他每天半夜都会醒来。搂着小东西睡了几个月后，吉达故作强硬地批评起儿子："小男子汉不可以这样，赶紧回自己床上睡觉。"西科蔫着脑袋往小床走去，这回轮到吉达在半夜里睁开眼，因为怀中缺少一团绵软，整夜整夜地辗转难眠。

如今吉达生命里唯一的另一半是菲洛梅娜，她像半个姐姐、半个母亲、半个盟友。吉达出现前，菲洛梅娜的保姆事业一直基于何时方便何时付钱的原则，每当清算费用时，大家也都只象征性地意思意思。吉达出现后，开始对家中的托儿所实行更专业的管理：适当提高托管费用并重新规定接待时间；生病的孩子不能进门以防将病毒传给其他同伴；所有母亲必须每周过来为孩子更换一次干净的浴巾；那些没能按时接走子女的人必须支付一小笔额外的加班费。

"你是我生命中的天使！"菲洛梅娜感激地望向吉达，说话间露出几颗洁白的新牙，最近赚到的钱总算够她为自己的外表投资一番了。

"你才是那个天使，菲洛梅娜。"吉达温和地笑道。

两个女人为家里添置了一台无线收音机；命人拆除破旧的沙发软垫，更换上新的；她们齐心协力地修缮浴室中的漏水管道，解决房顶渗水的老问题。随后，又把屋子门前的外墙粉刷一新，逐扇换下有裂痕的玻璃窗。一切办妥后，吉达好兴致地装饰起自己的房间，玫瑰条纹和小野花式样的墙纸是她在《女性之友》里看中的款式，浅蓝色的薄纱窗帘正好和同色系的花边床罩配成一套。吉达还买回了心心念念的梳妆台，将斯洛佩百货大厦的香水整齐地置于台面。房间的某个角落她认为无须改动，那里将继续放着西科的小床，床上铺着干净的白被套。

白天的时候，吉达总忍不住走进房间欣赏自己的杰作，顺便看看还少些什么，是否需要做进一步改造。查漏补缺的过程中，追求完美的年轻妈妈又弄来三幅郁金香图案的装饰画，为儿子准备了一张可以写作业的小书桌。最后，她决定在床头放一对粉色枕头，为装修工程画上完满的句号。

"三文鱼色的枕头。"吉达站在房门口重复着刚从收音机里学来的新词，三文鱼色，天知道，她连三文鱼长什么样都没见过。

第二天，吉达来到布宜诺斯艾利斯布料街，直奔最大的店铺。她绕过那些正在促销的产品，径直走向罗列上等布匹的架子，伸手唤来店员。

"先生，请给我拿三米罗缎，就是这种，要三文鱼色的。"

男店员看着吉达柔美的侧脸，无意识地张开嘴，目光流连于女人开开合合的唇齿间。

"小姐您说的是浅粉色吗？"

"没错，三文鱼粉。"

吉达和店员说话的间隙，瞥见了走进商店的尤莉迪丝。尽管那张面孔如今已颇具成熟风采，她身上的气息却一如从前，那种不论做什么都执拗到底的认真劲，正被用在挑选打折的布料上。那个姿势，那份专注，吉达再熟悉不过了。当妹妹沉浸于某件事物时，全世界都会变成缥缈的烟雾，来不及入她的眼便随风消散。就像此刻，吉达站在那里，离她那么近，可还是如水汽般恍若透明。尤莉迪丝一匹接一匹地翻看布料，从口袋中掏出笔记本，上面似乎记录着一些尺寸数据，她确认完长度后让店员裁了半匹布。

吉达闪身躲到壁柱后，进退两难。从她站的地方可以看见妹妹太阳穴上的水痘疤，一股香味悠悠地飘来，那是尤莉迪丝常用的玫瑰面霜。垂于妹妹胸前的圣母圆盘吊坠她有一模一样的另一块。只要探出手就能触碰尤莉迪丝，就能让妹妹从专注中回过神。可真的要这么做吗？吉达确实非常非常思念她，可也不想以失败者的样子与她重逢。自己那间装修精良的卧室位于埃斯塔西奥这种乡下地方；自己的儿子没有爸爸；自己涂着红色指甲油的双手忙于给别家的孩子换尿布；还有，自己正和一个曾经的妓女相依为命。虽然她坚信苦尽甘来，但此时她无法堂堂正正地拥抱妹妹，她做不到。于是，吉达站在原地，等尤莉迪丝结完账后悄悄跟了上去，跟随她走到市中心，又跟随她乘上电车，缩在最后排的座位里，望着她的背影出神。

"我就是这样发现你住哪儿的。"吉达说道。

"这是多久前的事？"

"不算太久，去年吧。你那天穿着一条浅黄色的白条纹花边连衣裙。"

"哦，那条啊，那条裙子是我自己做的。"

"自己做的？你什么时候学的针线活儿？"

"也是去年，"尤莉迪丝将视线投向面前的书架，"但我以后不会再做了。"

*

当吉达一点点从过往中自愈时，西科也一年年长大。起初那几年无忧无虑，随后那几年郁郁寡欢。

西科还小时，以为所有的家庭都和他的一样，所有的孩子都有两个妈妈，所有的妈妈都如自己家中那两位一般善解人意（当然，他的妈妈们是最最最善解人意的）。他一直相信，如果把糖罐子四周的蚂蚁统统吃掉，就能拥有超级英雄之眼。妈妈曾说过

"吃蚂蚁对眼睛好";脑袋上鼓起的大包内能孵出小鸡;烧水壶是活的,因为他会吹口哨;如果吃太多棒棒糖,嘴巴会永远变成红色;美国队长住在后山里,离这儿好远好远。

西科稍微长大一些时,发现很多事情并不如他所想。他的家庭是不正常的,其他孩子都有爸爸,那个出现在教科书里,穿着深色西装梳着锃亮大背头的男人。其他孩子只有一个妈妈,虽然也有很多兄弟姐妹,可他们不会像自己家中的哥哥姐姐那样,早上来晚上走。蚂蚁对眼睛好是因为吉达懒得将它们从粥中挑出来。头上鼓起的大包只会让人脑壳疼,虽然西科仍抱有里面能走出小鸡的期待。至于烧水壶为什么吹口哨他依旧很疑惑,但可以肯定,它不是活的。妈妈们郑重其事地向他保证,吃很多棒棒糖嘴巴真的会永远变红。还有,美国队长不住在后山,他住的地方比"好远好远"更远,得乘飞机才能到,而真正住在后山的是捣蛋鬼萨西·佩勒勒[1]。

西科再长大一些,差不多十岁之际,基本了解了所有真相。他的两个妈妈是骚货,学校里某个同学这么喊她们,西科和那个同学大干一架,尽管他并不清楚"骚货"是什么意思。男孩头顶血污回到家,吉达见状冲他发了一大通脾气。不一会儿,可能觉得方才的语气有点冲又或是出于愧疚,吉达走进厨房为儿子准备

---

[1] 萨西·佩勒勒,巴西民间传说里的著名人物。只有一条腿的黑人青年,头上总是戴着能够产生魔法的红帽子,是个调皮的小恶魔,喜欢各种恶作剧。

燕麦粥，因为担心西科脑袋上的肿包会感染，她小心翼翼地将碗里的蚂蚁挑拣出来。"妈妈，关于吃蚂蚁对眼睛好的故事是你骗我的对不对？"吉达支支吾吾地岔开话题。西科现在终于明白，头上的大包中没有小鸡，打架后额头上的肿块只是单纯的肿块而已。烧水壶会发出声响是水蒸气的作用，就像那夜，西科胸部积痰，菲洛梅娜往煮沸的开水内加入桉树精华为他祛痰，烧水壶并未审时度势地闭上嘴，依然欢腾地吹着口哨。菲洛梅娜递给他一根棒棒糖，只字未提嘴巴会永远变红的事。生病的夜晚着实美妙，吉达会允许他睡在身边，躲进母亲怀里的男孩再也不用害怕后山中的怪兽一口将自己吃掉，毕竟美国队长住在那么远那么远的地方，根本来不及拯救无人保护的西科。

棒棒糖、关爱和燕麦粥均无法抑制西科心中疯长的易怒因子，他的确过着很好的生活，然而这样的生活也是异于常人的。他的两位妈妈那么地温柔体贴，可同时又那么地受人轻视。为什么那个女人在路上看到菲洛梅娜会愤愤地穿过人行道向她啐痰，嘴里还骂骂咧咧地喊着婊子？为什么集市上有人对吉达指指点点，说她是夜场女郎？为什么当自己问母亲"他们干吗叫你夜场女郎？你不是每天下午六点后就不出门了吗"时她会露出难堪的表情？为什么菲洛梅娜每次只能等弥撒开始后溜进教堂，还没结束前又得偷偷离开？为什么他原本的认知全是错的？西科明白得越多就越无法压下胸中的怒火。偏见、贫穷、父亲的缺席、母亲们艰难的生活，这所有的一切将西科揉成一团乱麻。那段时间里，他只能凭直觉整理内心的纷乱。

11岁后，西科从一个易怒的小男孩变成一个愤怒的大男孩。菲洛梅娜，他的菲洛梅娜妈妈乳房里长满了肿块，总是被疼痛折磨。某天下午她从医院回来，脸上不见半分笑容。从那天起，癌症取代骚货、婊子和夜场女郎，成了这个家最忌讳的词。看到西科眼中蓄满沮丧和失望，菲洛梅娜努力地强颜欢笑："哦，别担心小家伙，没什么大不了的。"她试图将西科拥入怀里，可他们的身体刚一触碰，一声痛苦的尖叫就从她喉间溢出，菲洛梅娜妈妈实在太疼了，疼到她连伪装的力气都使不上。

吉达和菲洛梅娜遣散了家庭托儿所里一半的孩子。菲洛梅娜终日躺在房里哼哼唧唧，吉达恨不得长出三头六臂，同时照顾好孩子们和可怜的朋友。西科想帮忙，却被母亲一口回绝："你现在的首要任务是学习，是考出好成绩。"西科把脸埋进书本，用各种故事塞满大脑，每当他抬头望向周遭时，只觉得自己正置身地狱，于是他赶紧低下头，再次躲入书本的世界中。

菲洛梅娜的生命一点一点被病魔蚕食。放射治疗只留给她两条烧焦的手臂，乳腺手术也无力回天，反倒让她变得更加虚弱。癌细胞像温度计中的水银渗进五脏六腑，医术再高明的医生也无法将它们彻底清除。菲洛梅娜和病魔占领着同一具躯体，此刻，癌细胞正高举武器大肆扩张，而菲洛梅娜则节节败退。她知道自己快不行了,只是时间早晚的问题,可这段迟早要走完的时间为何如此漫长!

"老天啊,为什么我还在这里。"菲洛梅娜从不安的睡梦中惊醒,无奈地发现她仍苟活于人间。

癌细胞迅速扩散到大脑、大腿,甚至是肋骨间。医生们摇着头,尽量缩短她看诊的等候时间,许下连他们自己都不信的诺言,为菲洛梅娜加油鼓劲。

死亡迟迟不至。那个女人早已没了人形,那个女人现在只是一堆挤在床上的伤口,但死亡还是倔强地拒绝到来。日间,菲洛梅娜一言不发;夜里,她辗转呻吟。死亡于她而言是种解脱,可如今这种解脱都是奢望。西科上学后,似醒非醒间她向上天祈求:"让我死吧,让我死吧!"上帝回答:"我听见了,我会安排,但不是今天。"菲洛梅娜着急地追问:"我的上帝,不是今天那是哪天?"上帝回答:"该来的自然会来,菲洛梅娜。不是不到,时候未到。"

然而,该来的始终没来。菲洛梅娜去医院的路上,所有看见她的人都嫌恶地别开脸;附近的邻居堵上耳朵,没人愿意多听女人的鬼哭狼嚎;母亲们急急地将自己的孩子从那座病窟里带离。最后,整个家只剩下吉达、将脸埋在书中的西科和百分之三十的菲洛梅娜。

面粉罐里的积蓄只够他们喝几个月的鹰嘴豆汤,但最让吉达担忧的是另一件事。

"给我打一针,给我打一针!"菲洛梅娜意识混沌地说着胡话。

医院每天注射的吗啡根本不足以缓解癌细胞扩散带来的蚀骨疼痛。吉达数了数面粉罐里的纸币,朝药房走去。

"早上好,若昂先生。能给我拿几小瓶吗啡吗?"

"吗啡?这可不行,吉达小姐。只有凭医生开的处方我才能卖给你。"

"多少钱我都出,若昂先生。"

她戚戚然地叙述起昨晚发生的一切,试图激起面前人的恻隐之心。

"吗啡是买给菲洛梅娜的。她昨天半夜准备拖着病体逃走,说不想看见我们伤心,不想成为我们的累赘。可怜的菲洛梅娜最后昏倒在走廊上,我和西科好不容易才把她拉回床。今早醒来时她已经神志不清了,一直说天堂的门关了,她再也见不到八个孩子了,说无论她怎么喊叫怎么晃动铁栅栏就是没人回应自己。"

"你知道的,这种药注射过量会上瘾……"

"多少钱一剂,若昂先生?多贵都没关系。"

额外的一剂吗啡花掉面粉罐里一半的积蓄。第二剂花掉另一半。第三剂时,吉达变卖了圣母圆盘项链,自戴上后她一次也没从脖子上取下过。第四剂时,吉达躺进药店后面的毛毯里,身上伏着气喘吁吁的若昂先生。第五剂和第四剂时一样。第六剂，没有第六剂了，菲洛梅娜最终在吗啡编织的梦境中安然离世，正如吉达希望的那样。

到达天堂时她仍飘飘欲仙，通往极乐世界的大门终于向自己敞开。她每往前跨一步，身体就轻松一分，走出几米后，她仿佛回到了15岁的少女时代。

"多么漂亮的姑娘啊！"站在她身旁的天使感叹道。

"漂亮姑娘？是说我吗？"菲洛梅娜有些不敢相信自己的耳朵。天使点点头："没错，就是你，漂亮极了。"他递来一面镜子。菲洛梅娜看向镜中的人儿——肤如凝脂，齿如含贝。她高兴坏了，抓着面前出现的第一个人，狠狠地亲上一大口。

"你这么对我真的没问题吗，菲洛梅娜？"

"哈哈哈哈，能有什么问题，当然没问题！"她爽朗的笑声响彻云间。

"好吧，好吧，菲洛梅娜，"圣徒彼得看着她，"欢迎来到天堂，你的八位小天使正在前面等你。"

是的，确实没问题，圣徒彼得知道，每个长途跋涉抵达这里的人都难掩心中的狂喜。当第一次踏进天堂大门，看见自己的脸重观光洁时，她同样笑得前俯后仰。哦，你真该瞧瞧她在人间时的那口烂牙和骇人的梅毒斑。

9

在菲洛梅娜最后的抗癌时光里,她对吗啡上了瘾,而若昂先生则对吉达上了瘾。即使菲洛梅娜下葬后,这位药店老板仍对吉达纠缠不休,企图把她拖进店铺后,继续他们未完成的交易。吉达不需要更多的吗啡,只需要一个人的清净,她以各种借口婉拒着若昂先生,直到不堪其扰,不得不向男人发出最后通牒。

"这位先生如果您再胡搅蛮缠的话,我这就去警察局把你做的龌龊事报告给警长。"

"你去啊,谁怕谁。警长只会对你不屑一顾!就像我现在做的这样,明白吗!"若昂先生轻佻地将脸凑到吉达面前,撂下一个极尽嘲讽的笑容。

吉达背过身,强迫自己想些其他事情以分散强烈的怨愤。她是吉达·古斯芒,谁都休想牵着她的鼻子走,她只和想上的男人上床,只在想做的时候做爱!

菲洛梅娜去世后，西科愤世嫉俗的情绪到达了顶峰，吉达再次让男孩睡到她床上，母亲的软玉温香是平息怒火的良药。毯子下，两人相拥而眠。吉达抱着儿子试图给他全部的保护，西科拥着母亲试图给她全部的保护。吉达呼吸沉沉试图让儿子以为她已入睡，西科呼吸沉沉试图让母亲以为他已入睡。最后，母子俩一齐进入了梦乡。可没过多久，吉达又睁开眼，黑暗中，她的呼吸再次变得又急又浅。

吉达向全街区散播自己重启托儿业务的消息，然而，乏人问津。埃斯塔西奥的妈妈们早已找到新保姆，她们的报价可比吉达优惠得多。现在，那个用来储蓄的面粉罐中，别说钱了，连一把面粉都不剩。月底将至，房东如狼似虎的眼神让吉达浑身不自在。

她最终在里奥孔普里杜的一家男士服装用品店里找了份收银员的工作。那是一间狭小昏暗的商店，面朝比斯普大街的斜坡，电车和公交车爬坡时的扬尘于店内落下一层薄灰。店主是位土耳其大胸女郎，身上的印花连衣裙将她本就呼之欲出的双峰衬得更加浑圆。阿米拉夫人守寡多年，她坚信，想要成为自己事业和命运的主宰者就必须像男人一样行事。尽管戴着吊坠、耳环，留着长指甲，她身上依然不见一丝女性的妩媚。当她张开拱门状的嘴，面无表情地说出"早上好"时，全街区的人都会毕恭毕敬地回应。阿米拉夫人对针、剪刀和顶针以外的一切都兴致索然，全街区的人也对此给予了尊重。

这间比斯普大街上的小店面是阿米拉夫人的个人房产。在这里，她的状态只介于发号施令和并未发号施令间，或者，更准确地说，介于发号施令和再次发号施令间。迟到几分钟要扣工资，双手不能闲着，如果收银台旁暂时没有工作，吉达必须拿起掸子，将店铺里大小物件上的灰尘拂去，扫一遍地，用湿抹布把玻璃展示柜擦干净。这个蠢货吉达拿着掸子傻站在那儿干吗，没看见收银台前有位女士等她结账吗？！无能会激怒阿米拉夫人，而她恰巧需要这份怒意证明自己还活着。于是，吉达便成了她口中无能的蠢货。"你这个无能的蠢货！"她趾高气扬地骂道，吉达顺从地低下头，不作任何抗辩。

吉达知道导致自己无能的元凶是阿米拉夫人缺爱的生活，所以她并不在意。吉达也明白这份工作是儿子平安幸福的保障，所以她忍气吞声。最重要的是，女老板总比男老板强，即使这个女人有本事将一间小小的男装店变成人间炼狱。但吉达宁可待在女魔头手下受苦，也不愿躺在男老板身下喘息。

一个月后，所有的事都在朝好方向发展。吉达的"试用期"结束了，她终于可以和阿米拉夫人正式签订劳工合同，名正言顺地领取基本工资。阿米拉夫人雇用她时，开出三个月考核期的条件，这期间她的收入只有最低工资的一半。土耳其女人声称需要九十天的时间来测试吉达是否会使用收银机。吉达只能接受近乎苛刻的条件，不仅因为她别无选择，还因为这位阿米拉夫人对经济艺术的精髓了如指掌。她预支给吉达一个月的工资，让姑娘及时交上未缴的房租，并自此觉得欠着女老板一个人情。

度过了被差遣和听候差遣的一天，吉达身心俱疲地回到家，皮肤上盖着一层灰泥。西科每天这个时候不是在客厅看书，就是在卧室看书。母子俩坐到一块儿，无言地吃起饭菜。吉达不想和西科谈论自己糟心的工作，西科也不想提学校的事。以前家中孩子们的吵闹声和菲洛梅娜的大笑声一去不返。沉默的晚餐让吉达和西科有种菲洛梅娜仍未离开的错觉，那个空座位让活着的人永远无法忘记她曾来过这个家，来过他们的生命里。

七月的某个夜晚，西科喉咙疼。吉达端来一杯漱口盐水，摸了摸儿子的额头，有点低烧，于是给他吃下一片阿司匹林。几天后，男孩已病得卧床不起。西科像胎儿一样弓身蜷缩在被子里，强压下想呻吟的欲望。

他被诊断为风湿热，需要接受苄星青霉素注射，同时服用可的松和心脏类药物。

"疗程是多久，医生？"吉达绞着双手问道。

"直至他满18岁。"

闻言，她继续绞着双手，仿佛能从指间搓出几张克鲁塞罗[1]来。吉达的数学一向不好（尽管她很擅长掩盖男装店内的账目错

---

[1] 克鲁塞罗，巴西1942至1993年间使用的货币单位。

误),但此刻她都无须将所有处方药的费用相加,乘以十二个月再乘以七年就知道,这笔巨款她无力负担。

或许她可以,或许可以。

吉达回家后一边算着账一边做起规划。除去收银员的工作她还能干什么呢,她只会装饰、做发型、化妆、涂指甲油,其他的等等,没错,就是这些!她可以开一间家庭沙龙!每周六、周日对外营业,客人绝对不会少。埃斯塔西奥的女人们对她的外表和体态艳羡不已,心底深处都希望自己能和她相像,哪怕沾一点边也好。

她向阿米拉夫人请求再预支一个月的薪水,女店主的嘴几乎努成拱门状,但没有拒绝。吉达采购了化妆刷、发夹、指甲油和指甲锉,将卧室里的梳妆台挪进客厅,在扶手椅旁摆上女性杂志。她向全街区宣布:从今天起,自己的家每逢周末将变成一间美容沙龙。

吉达心灵手巧,品位不俗。女人们不修边幅地来,完美无瑕地走。进账的钱刚好够支付西科的药费。这些治疗心脏的东西究竟含什么成分,居然值四百克鲁塞罗?一次的药费能抵她男装店里十天的工资!

那是西科第二个月疗程的最后一个周六,吉达关上了客厅里的灯,最后一位客人刚刚离开。此刻,她双腿架上沙发,坐在黑暗里休息。腰很酸背很疼,脚也肿得像馒头。她随手拿起一本

《女性杂志》，心不在焉地翻阅着。所有碰过这本杂志的手中只有她的这双难以直视，连指甲油都被刮得斑斑驳驳。第二天一早，吉达再次急匆匆地打扫客厅，做饭，清理浴室，将装满头发丝和棉花球的垃圾袋扔出家门，把胡乱堆放的杂志摆放整齐，然后抱着西科哄了一会儿。她发觉，除却短暂的睡眠外，自己似乎连眨眼的时间都没有。吉达的身体疲惫不堪，但内心格外平静。九点一到，女客人们陆续出现在客厅内。

只要能按时支付药费，再苦再累也没关系。那天吉达起床后来到浴室，打开储物盒，里面放着西科需要注射的苄星青霉素。她已经学会如何自行给儿子打针，看到他疼得双眉紧蹙，她心如刀割。浓稠的液体通过一根粗针头被推进体内，每打一次针，西科的屁股都会疼上好几天，有时甚至下不了床。朋友们再也不敢喊他去教堂旁的院子里踢球了，万一足球不小心砸到那个满是针孔的屁股，哎呀，想想就浑身发颤。吉达为西科热敷伤口，但没什么用，冷敷也是徒劳。最后，年轻的母亲只好一边给儿子按摩屁股一边亲吻安抚他，这才稍稍缓解了男孩的痛楚。吉达甩甩头，将纷繁的思绪赶出脑袋，拿起可的松和拯救心脏的仙丹转身朝卧室走去。

刚踏出浴室的门，她就绊了一跤，摔到地毯上。注射器的针头扎进皮肉，戳穿了她的手掌。吉达尖叫着将手中的药品向外扔去，装满灵丹妙药的小玻璃瓶应声坠落，在地上汇成一摊深红色的液体。

有那么两秒，吉达想叫儿子赶紧过来把地板上的东西舔干净，这可是他的救命药，也是她的，是美容沙龙整整八天的收入啊。八天，她摆弄着其他女人的头发，护理着其他女人的指甲；八天，她不停地对客人们说着违心话——"您梳这个发型美极了"，"女士您的手指可真纤长"。八天，在四周繁重的日常工作外她又整整受苦受累了八天。吉达觉得自己像个漫无目的的齿轮，马不停蹄地运转运转，只要给她一个小角落睡觉，一点食物填饱肚子，一个健健康康的西科，她便能永不停歇地运转下去，别无他求。

她多想坐在马桶上，半个小时，一个半小时，对着那些打翻的药剂痛哭流涕，但还有更重要的事情等待她去解决——明天西科就要用药了，一天也不能拖。医生曾严肃地告诫她：少一次治疗都会让风湿热演变成慢性心脏病。

吉达再次回到药房，躺在若昂先生身下。禁欲了几个月的男人早已蓄势待发，唾液从他的嘴角溢出，滴滴答答地溅到吉达身上，男人此刻仿佛正品尝着最甜美的蜜。情欲高涨时，若昂先生把自己弄得乱七八糟，也把吉达弄得狼狈不堪。他抓紧女人的手臂用力冲撞，指间的力道似在宣示主权："那些药都是我的，想得到它们你也必须成为我的。属于我的一切都得臣服于我身下，属于我的一切都休想逃出我的手掌心！"

吉达别过头,眼神空洞地望向远处。她只希望身上的男人快点结束,好让她带着西科的药离开。半个月的量到手了。

两天后,吉达敲开了尤莉迪丝的家门。

*

吉达并未把整个故事一五一十地告诉尤莉迪丝。她端坐于沙发上,双腿交叠,妹妹眼中的关切让她紧绷的身体放松了下来,四分五裂的自尊心也开始汇拢。在吉达向妹妹叙述的版本中,菲洛梅娜是一位退休老师,"只有教育工作者才能像她那样照看孩子,尤莉迪丝!"若昂先生成了无偿为西科供药的圣人。"如果没有那个男人忙前忙后,我简直无法想象自己会变成什么样子!"关于马科斯的部分吉达没作任何隐瞒,"流氓""一无是处""厚脸皮"从她齿间蹦出。姐姐口中那个男人的事迹让尤莉迪丝的双眼瞪得如弹珠一般大。

"刚结婚不久,马科斯居然问我什么是滤网。尤莉迪丝,他说从来没见过这玩意儿!我说这东西可以过滤奶皮和奶沫,这家伙又说他家的牛奶端上桌前就已经在厨房里去过奶沫了。哦,我的天!尤莉迪丝,你能想象吗,居然会有男人不知道滤网是什么!马科斯也从来没切过橙子。有一次午饭后我在桌上放了几个橙子,他居然拿起刀斜着往下切,斜着切!这还怎么吃!还有,他必须拿枕套罩住脸才能睡着，说自己的双眼没法承受早晨阳光的刺激，因为博塔福古老宅里的窗帘是天鹅绒的，太阳晒到我们这种人的屁股都照不进他的房间！这个男人真是个娘娘腔，尤莉迪丝，娘娘腔！"

听着姐姐的控诉，尤莉迪丝不由得心生宽慰。她不可避免地拿安德诺尔与马科斯做起比较，他的确一直都是个好丈夫，至少安德诺尔知道何为滤网。滤网就是姑妈达尔瓦和老婆尤莉迪丝用来过滤橙汁的东西，没有滤网他可能早就被橙核噎死了。

关于阿米拉夫人的部分吉达也稍作了改动。土耳其女人变身为世上最好的老板。当她听闻吉达要辞职的消息时，踉跄地坐到椅子上，心情沮丧。她将手放在胸前，无比真诚地说道："哦，吉达，你就像我的女儿一样。"

"你真该看看她哭得多伤心！但我也没办法，我和她说自己想过新的生活，想多花些精力在西科的学业上。"

正因为阿米拉夫人并没有把她当女儿看待，吉达才会跑来投靠妹妹。她将茶杯放在桌上，挪动身子坐到沙发边缘。

"就是这样，尤莉迪丝。现在我也该放下一切，请求爸妈的宽恕了。我们这就一起回去。爸爸或许无法理解我当初的不辞而别，但妈妈，妈妈她一定会原谅自己的女儿！"

尤莉迪丝垂下眼帘，怔怔地看着地板。

"妈妈去年死了。"

吉达的手猛地捂住胸口，试图抓起她的圣母吊坠，但那个小圆盘早已不在那儿了。

*

没人清楚安娜夫人的病因。某种疾病潜移默化地影响着她的生活，让她变得越来越佝偻，越来越羸弱。如今，安娜夫人连鳕鱼块也不碰了，以前她可是会拿面包把盘里的汤汁都蘸干净的人哪。每日，她不是悲伤地坐在果蔬店的收银台前就是悲伤地整理房间，或是悲伤地准备饭菜，又或是望向相框内吉达的照片，悲伤地悲伤着。

她不间断地去看不同的医生。贫血，缺少维生素，缺少钙，缺少矿物质，医生们下着各种各样的诊断，但他们不知道，她缺少的其实是吉达。安娜夫人抱起一堆营养片，带上"身体一定会好转"的承诺回了家。你需要滋养神经、心脏和肌肉，医生们开出各式补品，但其中没有一味药能让她忘记吉达。安娜夫人继续病着，将整块整块的鳕鱼扒至盘边，视线只执著于搜寻角落里的相框，那是她唯一的解药。

有一天，她睁开眼，觉得没有下床的必要，于是来回翻了个身，再次睡去。第二天，她睁开眼，觉得没有翻身的必要。第三天，她没有睁开眼。

妻子的死让马努埃尔先生变得有些疯癫。作为一个血统纯正的葡萄牙人，他选择独自舔舐伤口。安娜夫人过世的头七天夜里，他一个人待在房中，绝望地拿头撞击墙壁。他想抓扯头发，可只摸到耳后仅剩的几缕。他每日将这几根发丝儿往前梳以遮盖光亮的头顶，它们对男人来说弥足珍贵，于是，他止住了手上拉扯的动作。马努埃尔先生当时的心境和吉达得知母亲死讯后的情绪无异，是悔恨，深深的悔恨，尽管妻子的死并不是他的错。葡萄牙人从小在没落的大环境中长大，于他，于周遭的人而言，没有什么比荣誉更重要。正是这种信仰让马努埃尔先生放弃了吉达，即使女儿必须远走他乡，即使妻子的生命正一点点流逝，那也好过重新接纳一个不守妇道的姑娘，让自己颜面扫地。

*

那天下午，安德诺尔到家时，撞见了电视剧中才有的场景。一个他从未见过的漂亮女人——满脸狰狞却依旧漂亮的女人——正身陷沙发，崩溃地挥动手臂。尤莉迪丝尝试安抚她，达斯·多勒斯站在一旁，手持银托盘，上面放了一杯糖水。塞西莉娅和阿方索也刚从学校回来，默默地看着眼前的一切，没有人愿意错过这戏剧性的一幕。还有那个胖胖的男孩，此刻正满脸怒意地紧抱漂亮女人，伴随她前俯后仰的节奏，一同绝望地摇晃。

安德诺尔没有动怒,没有冲上前指责,他出奇地平静。这么多年来,他第一次又从尤莉迪丝的眼中看见生机。安德诺尔很高兴妻子重新拥有了喜怒哀乐的能力,即便她只是眼前这场大戏里的配角,即便这场大戏此刻正在自己家中,在他的筷子腿收音机旁上演。哦,真希望他们别波及他心爱的小玩意儿。

安德诺尔觉得可以换个时间亲吻妻子的额头,于是径直走向房间,换下西装,穿上拖鞋。当他再次回到客厅时,那个女人已不如刚才那般癫狂,正小幅度地前后晃动身子,低声啜泣。男孩和尤莉迪丝仍将她搂在怀里。

当吉达彻底冷静下来时,安德诺尔走到她面前,作了自我介绍。女人眼眶下方淌着两条黑色的小溪,但她恍若未觉。"你好。"吉达说道。"你好。"安德诺尔说道,再无他言。尤莉迪丝将姐姐和西科带进客房,指明卫生间的位置并嘱咐他们半小时后开饭。

那晚,饭桌旁的六个座位被全部占满,一切似乎并没有什么不妥。安德诺尔和尤莉迪丝顺理成章地接待了两位外来客,看到母子俩在家中走动也不觉违和,起初是几天,后来是几个月。尤莉迪丝和安德诺尔夫妻间的日常——早晨互道早安,一起喝咖啡,丈夫午餐后给妻子打电话,下午五点半的额头吻,共同的晚餐时光,夜深互道晚安——看似稀松平常,实则暗中较劲。尤莉迪丝的一言一行都无声地表明了自己的立场:姐姐会和我们住在一起，等她准备好自然会离开，但我不能保证是一个月，还是一年，或是更久，总之她想住多久就住多久。

安德诺尔默许了妻子的行为。能看到尤莉迪丝重拾快乐，笑着亲吻塞西莉娅和阿方索，真好。能听到女人的大笑声响彻整栋屋子，真好。他以前怎么没发觉妻子居然能笑得如此上气不接下气。有吉达在他们身边的感觉也不赖，尤莉迪丝的姐姐为古斯芒·坎佩罗家带来了吉达风格的装饰——水晶花瓶中插着鲜花，刺绣台布被铺上饭桌，还有那对靠垫，恰如其分地装点了光秃秃的沙发，简直是神来之笔。而西科安静得几乎没有存在感，总是沉浸于自己的小世界。今年年初他以高分考取佩德罗二世学院，现在正一门心思扑在学习上。他是全里约最好的中学里最好的学生，但西科对此不以为然，能让他提起兴趣的只有书本。这让塞西莉娅有点不爽，一个并未优秀到能登天的男孩怎会完全无视自己呢？她可是巴蒂斯塔中学的年级皇后！是全初二年级三个班一致票选出来的佼佼者！（据塞西莉娅说，第二名只得了八票，还是那个姑娘在课间休息时向同学们派发芝士面包球换来的。）

偶尔，西科会从书本中抬起头，和阿方索玩一会儿纽扣足球，这对塞西莉娅而言又是一种挑衅：最值得男孩们留意的纽扣难道不是她连衣裙上的那几颗吗？除去这些无伤大雅的小矛盾，吉达和西科很自然地融入了新家，仿佛所有人早已等候他们多时，仿佛有了他们的加入，古斯芒·坎佩罗一家才是完整的。

当然，母子俩的到来为本就围绕着这栋屋子的谣言又添了把火。这些日子里，泽丽娅交叉双臂，一只脚有节奏地敲击地面，全心全意地思考着墙壁另一端究竟发生了什么好事让尤莉迪丝笑成那样。真是不雅，泽丽娅颇为不屑。在她看来，所有违背伦理纲常和良好修养的行为都是不登大雅之堂的，而身处那个时代，如此直白地表达自己的快乐就是缺乏教养的行为！还有，那个那么，那么，那么……吸引人的少妇，那个那么，那么，那么……细皮嫩肉的男孩，他们又是谁？原来是尤莉迪丝的姐姐和她的儿子！泽丽娅利用鸭嘴兽技能很快挖出两人的身份，貌似这个女人还是个寡妇，丈夫因癌去世。面对邻居探究的眼神，吉达干脆事无巨细地说起那段过往："我陪他到美国克利夫兰接受治疗，我们租下一栋都铎式的大房子，每天都能欣赏窗外的雪景。一家三口像喝水一样喝热巧克力，尼卡诺尔还为我买了一件貂皮大衣，西科在那里学会了滑冰。但夫人你知道的，当上帝召唤时，没人躲得过。上帝就这样唤走了我亲爱的尼卡诺尔，那个男人是那样俊美、温柔，那个权高位重的外交官，我们祖国巴西最忠诚的人民公仆……你知道他给我托梦时怎么说吗，泽丽娅夫人，那头的生活可比这头有趣得多。"

泽丽娅的心脏愤怒地收缩着，越收越紧。为什么她挑不出吉达故事中任何不合逻辑的地方？但她知道其中一定有破绽，她知道。

10

我应该早点这么做的,我应该早点这么做的。在那珍贵的、和妹妹一同放声大笑的几个月间,这种想法时常萦绕于吉达脑中。她们能从任何事物里发现笑点,她们想笑的时候不需要任何理由。吉达和尤莉迪丝一起去杂货店;讨论着电台肥皂剧中人物的命运;到萨恩斯佩尼亚广场逛街,琳琅满目的商店橱窗让她们流连忘返。只有当尤莉迪丝尝试说服姐姐回家探望父亲时,笑声才戛然而止。每次听见妹妹语重心长的规劝,吉达都会摆出一副电视剧演员般的面孔,那副试图证明生活中再大的逆境也无法压垮自尊的面孔。

"我的脚永远不会再踏进圣特蕾莎半步,永远不会。"

谁也没再说话。但不一会儿,姐妹俩就忘记了方才不愉快的缘由,又嘻嘻哈哈地凑到一块儿。尤莉迪丝和吉达发觉,她们正在变年轻,变得比阿方索、塞西莉娅和西科还要年轻,而这三个孩子,彼时正经历着恼人的青春期。继塞西莉娅后,阿方索和西科也感知到自己体内不断外溢的荷尔蒙，他们腿间的家伙经常会不受控制地抬头，不合时宜的肿胀需要被及时释放。于是，西科学会了在厕所内解决，阿方索学会了在达斯·多勒斯体内解决。

"你爸爸会发现的。"阿方索提上裤子时达斯·多勒斯担忧地说道。

"见鬼去吧，要是被他发现，丢掉工作的可是你。"

达斯·多勒斯立马噤了声。的确，她还有三个子女要养，其中一个似乎和他们的无赖父亲完全不同，特别喜欢学习。只要有一个孩子出息点她死也瞑目了，这是达斯·多勒斯唯一的夙愿。她甚至已经看过棺材的价格，挑选了一副浅色带金把手的棺木，并且分期付款在卡茹公墓买好了位置，她可不想死后埋骨于山丘上的乱葬岗内。命运从未对她微笑，但死的时候她要待自己好一些。对达斯·多勒斯来说，脱一次裙子，脱两次裙子并无区别，如果能缓解那个男孩的不适又有何妨？哪一次都不会比她的第一次糟，那会儿她还是个不谙世事的13岁少女，奋力地挣扎反抗，最终拖着残破的身体回到家，腿间沾满了比正常破处时多得多的血污。

好了，让我们拂开达斯·多勒斯不堪回首的记忆，回到吉达的故事里。这个女人从十多年的艰苦岁月中涅槃重生，一路走来，将法国大革命的口号奉为信条。即使被马科斯伤透了心，即使十月怀胎孤苦伶仃，即使照顾别家孩子好多年，即使漫漫长夜必须与菲洛梅娜的呻吟作伴,即使那间小小的男装店内尘土飞扬(客厅中指甲油的丙酮味熏得她作呕),即使腿间淌下的液体并非她情到深处的自然流露,吉达还是如神奇的不倒翁般让所有人惊叹。生活每给她一拳她都能一个挺身重新站直,带着更多的劲道,带着更大的笑容,带着成为自己命运主宰者的、更坚定的信仰。

正是这个光芒四射的吉达走入了安东尼奥的视野,那个对尤莉迪丝一往情深的文具店老板。是的,吉达很漂亮,但远不止漂亮而已。她和尤莉迪丝有一点相像,两人听到感兴趣的事情都会挑眉,走出文具店时,脸上的笑容也如出一辙。其实,姐妹俩身上的不同之处更多,但安东尼奥并不在乎,只要能在尤莉迪丝身边多逗留会儿就行,一切有"尤莉迪丝"特征的人或物他都想靠近。

安东尼奥尴尬地挠着脖子,面对吉达结结巴巴地说出了最初的几声"早上好"。吉达觉得男人一系列的动作甚是可爱。站在妹妹身边,一种被保护的安全感油然而生。她为什么要回避他的好意呢?眼前这个蓄着小胡子,将衬衫纽扣扣到领口最上方的男人,看起来就老实巴交。他口中的"吉达小姐",比迄今为止她从其他男人那儿听到的"吉达小姐"要正经得多。

接受安东尼奥的追求就像耳畔跟了一台手提式收音机,循环播放着国家广播电台里最好的节目。他出口成章,拥有作曲家般丰富的语感:如你一样的人,如你一样,我寻寻觅觅。/你是银河的星辰,你是皇室的女王,/你是世间所有灿烂中最夺目的辉煌。

吉达站在倾慕者面前,如痴如醉地饮下溢美之词。已经有许多年了,她对男性的恬言柔舌置若罔闻,如今心弦再一次被拨动的感觉真棒。

在"纤尘不染的山茶花""飘逸灵动的仙女""光彩夺目的缪斯"中浸润了一段时间后,吉达认为是时候敞开她"雪花石膏般的胸脯",用她"抹了蜜的朱唇"为赞美的游行队伍填上诸如"相濡以沫""承诺"和"计划"这样具象的字眼。她觉得自己从安东尼奥的脸上看到了余生的光景——一同住进单身公寓,西科从此会有爸爸疼爱,吉达在电视机前熨烫衣服,书架上的小摆设下铺着钩针垫,还有,晚餐时绝不会再出现鹰嘴豆汤。她初见安东尼奥时并未被丘比特之箭射中,她对这个男人只抱持一份单纯的喜欢,但在几个月的调情中,这份喜欢升华为爱,为她编织出一个在电视机前熨烫衣物和把西科的房间装饰成深蓝色的美梦。是的,她应该和安东尼奥好好聊聊西科。于是某个周六午后,他们相约哥伦布咖啡馆,点了糕饼和醋栗汁,开始谈正事。

"安东尼奥先生,我知道你一直对我怀有绝对的尊重。如果幸得我这样一位伴侣,将是你生命中莫大的恩赐。但你知道,我有一个儿子,他不会和我分开,永远不会。"

安东尼奥沉默了几秒,从口袋中掏出手帕,抹掉额头上沁出的薄汗,伸手去挠脖子上刚刚浮出的红点。

"吉达小姐,我知道你一直对我怀有绝对的尊重。但你知道,我有一位母亲。她不会和我分开,永远不会。"

闻言,吉达收回前倾的身子,再次靠在了椅背上。

*

欧拉利娅夫人有四个子女,安东尼奥是她最小的孩子。欧拉利娅夫人的父亲是巴西第一批啤酒工厂之一——图庞啤酒厂的厂长。起先,黄色的液体饮料只在家中,在妻子奥勒坦西娅的抱怨中酿造。那个可怜的女人,躲过了孕吐,却躲不过身边发酵容器的味道,那味道让她直犯恶心。"我们一定会成功的,老婆。"欧拉利娅的父亲一边向木桶里灌啤酒,一边往玻璃瓶身上贴印有微笑印第安人图样的标签。路易斯是一个极富远见的巴西人,能够从载着自家啤酒、穿梭于市中心的手推货车中看到滚滚而来的财富。"我们一定会成功的。"即使偏爱葡萄牙红酒的里奥布兰科酒庄正眼也不瞧一下他的产品,即使大街小巷中的酒吧更偏爱德国产的啤酒,他仍信心十足地重复着这句话。

差不多在这个时期,整座城市的本质开始蜕变。里约的居民不再是葡萄牙移民、土耳其后裔、巴西本地人、中国外籍人士,或是半白人种、半棕人种、印第安混血,他们有了统一的新身份——里约人。这种认同感迅速席卷全城后,所有人都生出一股渴望,渴望手中能马上出现一杯透心凉的里约冰啤酒。

"给我来杯图庞啤酒。"黄昏时分,路边的小酒馆内,客人们的要求让老板应接不暇。每晚下班后饮一扎生啤的习惯日渐风靡,使路易斯成了新共和国时代的第一位百万富翁。

啤酒的生产场所从家里的厨房搬迁至圣克里斯托旺的新工业园区内,而家里的厨房则从圣托克里斯托的土路上搬迁至拉兰热拉斯的大农庄中。以前一只烤鸡全家人能省着吃三顿,连骨头都吮得一根不剩,现在,他们一餐便能吃掉两只鸡。路易斯先生的肚子像吹气球般鼓胀起来,他时不时掏出口袋中的表,不是为了看时间,而是为了炫耀它是金子做的。路易斯同样喜欢炫耀他为三个女儿雇用的德国女管家,总将她派去街角的咖啡馆。"请给我刺个法阔面包。"女管家接过店员递来的四根法棍,感谢道:"切切。"

欧拉利娅生于圣托克里斯托的小房子内,却是从拉兰热拉斯的大农庄里开始认识这个世界。她最久远的记忆停留在农庄的走廊上,那条望不到尽头的走廊连接起主厅,八间卧室,几名整天在厨房中扭着肥臀准备餐食的黑人女厨师,还有那块偌大的草坪,不论季节,边沿总盛放着各式鲜花,姹紫嫣红。

早晨醒来,欧拉利娅透过薄纱帷幔看见的不是母亲,而是奶妈。每天为她洗澡、穿衣、梳头发、喂饭的也是奶妈。比起照料子女,还有更重要的事情等着奥勒坦西娅——她要学会如何做一个富人。过惯了啤酒家庭作坊清汤寡水的日子,当成堆成堆的钱摆在面前时，奥勒坦西娅不知如何是好。她乘上新马车来到欧维多大街，观察起四周女人们优雅的打扮。奥勒坦西娅走进法国商店，随心所欲地选购帽子、遮阳伞和扇子。阔太太现在唯一的烦恼是如何用这些饰品搭配自己订制的连衣裙，以及压下花钱大手大脚带来的良心不安。她身着镶金褶边的美体胸衣和叠了好几层蕾丝花边的半身裙出现在弥撒现场，头顶的大帽子上堆满羽毛、花朵、水果和亚马孙丛林的植物标本。这副装扮令奥勒坦西娅一走进教堂就立马被所有女人孤立，她们背着她窃窃私语，聊着她听不到的八卦。

每周三晚上，奥勒坦西娅都能听见隔壁农庄传来派对的喧嚣。海特尔·科尔代鲁正在家中举办晚会，广邀里约的上流人士参加。但奥勒坦西娅和路易斯从未收到过请柬，即使他们两家离得这么近！那是共和国时期的头几年，君主制种姓的优越感被资产阶级的精英文化取代。所以究竟为什么，那个海特尔·科尔代鲁，那个贝贝·席尔维拉，又或是那个劳尔·雷吉斯会对路易斯一家的财富视若无睹？为什么这些筹划着全里约最入流派对的绅士不邀请路易斯夫妇来家中喝一杯，顺道一同吟诵优美的诗篇呢？

一群势利小人！奥勒坦西娅暗下决心，她要以牙还牙。阔太太将胸衣束得更紧，往帽子上堆了更多动物和鲜花。在妻子的监督下，路易斯只有穿上燕尾服、戴上大礼帽后才能出门，马甲用进口的真丝缝制，领带必须打成阿斯科特式。女儿们被上乘的亚麻布料包裹，永远穿着过紧的系带靴，她们正处于发育阶段的脚因此变得伤痕累累。

大农庄以肉眼可见的速度被改造。从前的乡村别墅悄悄变成了拥有哥特式塔楼和摩尔风格大门的城堡。花园内建起一座喷水池，池中立着天使胖娃娃像。奥勒坦西娅还买回一对瓷狮子看家护院，在阳台上添置了阿波罗和朱庇特的雕塑。摆放有真丝靠垫的法国扶手椅装点着客厅，凳子的椅背上包的是精美绝伦的绣花地毯，镶饰青铜的桌子气势恢宏，家庭图书馆内摆满各类书籍。奥勒坦西娅买了太多太多的小摆件和装饰品以至于她不得不用更多的桌子和水晶柜来陈列它们。既然又有新桌子和新水晶柜，那不如再买一些小摆件和装饰品，小摆件和装饰品又买多了，那就再来一批桌子和水晶柜，如此往复。

几年后，图庞啤酒厂厂长的城堡庄园成了里约最奇异的地标之一。全城穿着系带靴的名媛淑女都想踏进这片神秘的土地一探究竟。奥勒坦西娅顺势打开城堡大门，拟好请柬，为自家即将举办的晚会取名为"图庞超级舞会"。

客人们刚到庄园门口，角落里便飘出清幽的香味，这股异香来自墙边种植的茉莉花。栩栩如生的瓷狮子后，一位患有白化病的黑人身着宫廷弄臣服迎了上来。那天早晨从广场消失的旋转木马此刻重现于城堡的花园中。旁边，两个小丑、一个吞剑人和一个人肉加农炮演员正不间断地奉上表演。客厅内有一片人工池塘，里面灌满了图庞啤酒，几只从彼得罗波利斯山区引进的天鹅在黄色液体中随波荡漾。还有一名印第安土著因为懒惰没能学会高难度的杂耍，从演出中被除名，只能穿着奇装异服四处晃荡。

二十五名头戴路易十五时期白色假发，端着鹌鹑、鹧鸪、野鸽子、鸡蛋甜品、鹅肝酱、水果雪葩、丁香火腿、里脊肉排、白鲑鱼片、糖渍栗子和酒心巧克力的侍者在客人间穿行，倒满图庞啤酒的玻璃杯一杯接一杯地往所有人手中传递，仿佛正昭告天下：从今晚起，请大家畅饮路易斯的啤酒，尽情接受路易斯的地主之谊。

尽管奥勒坦西娅曾过着质朴清贫的生活，却拥有取悦上流社会的制胜法宝：零星的想象力和密集的坏品位。第二天，这位阔太太便收到了来自全城各类诗歌朗诵会和晚会的请帖。她仔细研究完新朋友们的行程，并与他们友好地协商，奥勒坦西娅最终决定：她的庄园城堡每逢周一将举行一场晚会。

埃内斯托·拿萨勒[1]来到晚会中练琴，谱曲。他从黑白的琴键间抬起头，要了一杯啤酒，又续了六杯。奥拉夫·比拉克[2]羞赧地朗诵着诗歌，向奥勒坦西娅推销自己的第一部作品。阔太太买下十本，但无暇读这些书，也不想读。不久，一张张书页便被垫进

---

[1] 埃内斯托·拿萨勒（1863—1934），巴西著名作曲家、钢琴家。因富有创意的马克西舞曲和巴西轻音乐编曲而闻名。
[2] 奥拉夫·比拉克（1865—1918），巴西著名高蹈派诗人，记者，翻译家。

凤头鹦鹉的笼子里。当安吉洛·阿戈斯蒂尼[1]坐在大厅一隅为客人们画肖像时，打扮成宫女模样的奥勒坦西娅正向大家分发从摩洛哥带回的水烟，这款备受某位朋友推崇的水烟混合了大麻和苹果的香气。还有一次，甚至连马查多·德·阿西斯[2]也现身庄园中，当然，这位穿着袜套的作家在抱怨完晚会扰人的吵闹声后便愤然离场了。

欧拉利娅从出生起便觉得奢侈理所当然。有几十件衣服再平常不过了，尽管以她身体的成长速度根本穿不过来。鞋带应该由奶妈替她绑。将仆人吃不起的鸡胸肉块喂给心爱的猎狐梗有什么问题吗？穷人存在的意义是弥撒结束后让她戴上新手套，以免布施时弄脏手。学校存在的意义是让她练习法语，以便去巴黎度假时知道如何在boulangerie（面包店）中点一份croissant（羊角面包）。家中那些晚会存在的意义是让她找到如意郎君，一位和自己一样显赫的人中之龙，然后他们结婚，生下四个儿子。孩子们当然仍由奶妈照看，因为还有更重要的事情等着欧拉利娅，比如：怎样继续做一个富人。

美好的财富，热烈的财富，永恒的财富啊！直到有一天，它插上翅膀飞走了。

---

[1] 安吉洛·阿戈斯蒂尼（1843—1910），意大利裔巴西籍插图画家、记者。被誉为巴西漫画第一人。
[2] 马查多·德·阿西斯（1839—1908），19世纪巴西现实主义作家中的杰出代表，巴西最优秀的文人之一。

年逾六十岁的路易斯先生开始连走动都变得困难。纵使已贵为里约最大啤酒厂的厂长，他仍对之前赤贫的生活耿耿于怀，尤其当他面对一块鲜嫩多汁的牛排时。路易斯用餐巾纸接着淌下的口水，狼吞虎咽地咀嚼着肉块和刚从油锅中捞出的炸薯条。没过多久，他低下头，连自己的脚也看不到了，却对镜中大腹便便的形象颇感自豪，因为如今的他，终于站到了那段节俭岁月的对立面。

或许路易斯的命运簿中早已写上了"因牛排而死"这几个大字，并非由于脂肪摄入过多导致血管堵塞，而是某个午后，他走出厂房，过马路前错误估算了自己达到对面人行道所需的时间。一辆电车从左边驶来，另一辆从右边驶来，夹在中间的路易斯先生用尽全力吸了吸肚子，但还是被飞驰而过的电车挤成肉泥。巨大的冲击力将他的肚子压爆，内脏四溅，弄花了几个行人的裤子。男人的棺材从未被打开，因为他的脑浆留在了另几个行人的手臂上。

奥勒坦西娅自此一蹶不振。不仅因为路易斯是她认识的最杰出的巴西人，还因为她知道，不出十年，丈夫辛苦打拼来的事业就将毁于几个女婿的手中。但她错了，所有的一切很快付诸东流，只用了两年不到的时间。

拉兰热拉斯的城堡庄园被售出抵债。奥勒坦西娅搬进了群租公寓，身边只有一张单人床、一箱金灿灿的裙子和一个珍珠母贝盒，盒子里藏着卖掉所有水晶柜和小摆设得来的钱。她的房间位于整栋公寓最高层的最深处，除去吃饭，上洗手间，下午坐在晾衣绳旁晒一小时太阳，奥勒坦西娅几乎闭门不出。一则趣闻渐渐从邻里间传开——有一位身穿长裙的女贵族每天下午坐在晾衣绳旁，面带微笑地讲述关于华丽舞会的故事：有些时候，一位患有白化病的黑人身着宫廷弄臣服在大厅里迎接客人，一只天鹅在啤酒池中游泳；另外一些时候，则是一位患有白化病的黑人在啤酒池中游泳，一只身着宫廷弄臣服的天鹅在大厅里迎接客人。埃内斯托·拿萨勒用她家的钢琴谱写了巴西探戈舞曲，桑托斯·杜蒙说话时习惯吐痰，奥拉夫·比拉克是个口吃，安吉洛·阿戈斯蒂尼怎么也画不好她的鼻子。没有人相信这个可怜女人说的话，但大家都挺喜欢她，所以当珍珠母贝盒中的钱变成一堆废纸时（因为奥勒坦西娅不知道如何用1000雷斯的纸币兑换20世纪40年代新发行的克鲁塞罗），公寓中的其他租客集资为她支付了房费。于是，老太太得以继续沐浴于阳光下，说着那些精彩纷呈的故事直至去世，享年102岁。

不幸的是，欧拉利娅并未遗传到母亲适应穷苦生活的天性。贫穷为何物？她不明白，也不想明白。父亲死后不久，针织地毯从她脚下被抽走，连带着地毯上的一切——从意大利产的皮鞋到红木家具——全都消失在她的生活里。欧拉利娅从拉兰热拉斯的城堡庄园搬至城郊金蒂诺街区的两室公寓内，她受到了一生中最大的冲击，这种冲击将她懒惰性格下仅存的温柔击得粉碎。走进那套公寓时，欧拉利娅简直不敢相信自己的眼睛，如此幽闭的小隔间里怎么能住下六个人？几天后，她得出了答案，不带一丝奇迹色彩的答案——住得下，因为住不下也得住。欧拉利娅的坏脾气就此一发不可收拾，摧残着身边所有人，将他们一同拽入地狱。

欧拉利娅的丈夫，全名奥诺弗列·弗朗西斯科·德·巴杜阿·卡瓦尔坎蒂·德·阿尔布凯基·拉塞达，如今成了妻子口中的无用先生奥诺弗列。无用先生奥诺弗列的家族将财富视为与生俱来的特性，对他们而言，只要完成简单的渗透，攀附上那些能惠及自己的权贵，就能拥有取之不竭的金钱，高枕无忧地做大富大贵之人。奥诺弗列的曾祖父，欧里萨乌侯爵先生，因与某个葡萄牙皇室家庭一同走下游船而获得一套里约上好的房产。奥诺弗列的祖父托关系在海关挂职，不用工作就能领取丰厚的薪水。奥诺弗列的父亲利用尊贵的姓氏，娶回一个黑奴贩子的女儿。到了奥诺弗列，凭借家族剩下的余晖，他得到了与商人之女成婚的机会。

当他对安逸未来的投资于两辆电车间被碾碎时，奥诺弗列不知如何应对。事实上，他从来没考虑过人生的下一步该怎么走，而现在，眼前的情况已严重到了不容忽视的地步。家里有六张嘴嗷嗷待哺，他该怎么办？奥诺弗列想了好几天也想不出个所以然，于是只能停止思考，出门碰碰运气。最终，他在一家房地产公司谋到份差事。然而，奥诺弗列上班的日子和闰年出现的频率差不多，他的工资比闰年出现的频率还要少，他赚进口袋的钱根本不够支付各项家庭花销。为了躲避那个名叫"现实"的可怕怪兽，奥诺弗列开始买醉。起初小酌几杯波尔图红酒，随后大口大口地往嘴中灌烈酒，一款名为"天使之尿"的烈酒腐蚀完他的胃，又溶解掉他的肝。

无用先生奥诺弗列最终死于肝硬化。苦难女士欧拉利娅在丈夫去世后中断了几个儿子的学业，命令所有人外出工作。每个月末，她将孩子们的工资悉数收入囊中，心情好时会赏他们一两个子儿，差不多够买一根香烟，就一根。欧拉利娅发现，自己似乎生了几个特别浪漫的儿子，刚满18岁就一个接一个地要和入不了她眼的姑娘结婚。离开家前，他们用医生的字体把各自新家的地址写在笔记本上，那些龙飞凤舞的字母怕是连预言家也无法破译。

一年走一个儿子。当欧拉利娅意识到情况不妙时身边只剩下老幺安东尼奥了。老母亲如八爪鱼一般缠上小伙儿，将那套两居室公寓变成她的王国，将安东尼奥变成她的仆人。"你永远不许离开我，永远不许。"她咬牙切齿地命令道。

差不多在这个时候，欧拉利娅开始被五花八门的健康问题困扰。一会儿心悸，一会儿背部出现蚁走感，一会儿是医生也无法确诊的神秘病痛。如果咳嗽几下，她觉得自己得了肺结核；如果头有点疼，一定是哪里有肿瘤。所有关于疾病的不祥预感都会在欧拉利娅的身体上应验。如果晚上做梦梦到烧心，那早晨六点前她将被灼烧感惊醒；如果睡前觉得血液循环不畅，那第二天醒来她的脚就塞不进鞋。流感会演变为肺炎，痱子会恶化成牛皮癣，还有，她那颗从未为任何人跳动过的心脏，居然也不时地颤动几下。

　　风华正茂的那几年里，安东尼奥是克鲁斯之家葡萄牙老板的得力助手，是全里约最大文具连锁店的骨干精英，但彼时，欧拉利娅的病症日益加重。当小伙子辞去美差，在蒂茹卡开了一间文具店，每天都被喷着香水到店里晃悠的姑娘（她们家中似乎永远缺一支有墨水的笔）包围时，欧拉利娅的健康状况再次急转直下。随后的十年间，安东尼奥的头发日渐斑白，唯一感兴趣的事只有集邮，这时，欧拉利娅的身体奇迹般地开始好转。

　　是遗传基因导致欧拉利娅整日病怏怏的，不过不是她自己的基因，而是儿子的。作为一个一米八的大高个儿，安东尼奥拥有盾牌般结实的胸膛，额前垂下的一缕黑发遮住了眼睛，惹得所有女人生出一股为他梳发的冲动。两排完美的牙齿让姑娘们迷恋，除却吃饭，这口大白牙应该还能干些其他的事，某些令她们脸红心跳的事。有一位姑娘甚至昏倒在文具店内，当她看见安东尼奥搬起一箱纸，憋着劲的肱二头肌几乎撑爆衬衣时，只觉得眼前阵阵发黑。几秒后，她清醒过来，发现并未躺到预想中的地方。欧拉利娅正用胯顶着她的背，拿手来回拍打她的脸，一股洋葱的臭味源源不断地往她鼻孔里钻。

11

总共有一百八十九个女人来到安东尼奥的文具店内,试图找寻吸墨纸以外的东西,但只有两个成功打破了欧拉利娅魔咒。第一个是伊莎贝尔·布基儿,里约最大书商,法国人让·布基儿的女儿。她会弹钢琴,说四种语言,长相过得去,每个夏天都前往巴黎度假。伊莎贝尔只要勾勾手指,欧维多大街或圣日尔曼大道上的男人们就会将她团团围住。但为了证明自己能征服任何异性,伊莎贝尔从未将目光投向欧维多大街或巴黎街头。一个沉闷的周六下午,她陪家人到萨恩斯佩尼亚广场观赏军乐队室外表演时看见了安东尼奥。那个年轻人的脑袋从一群观众中脱颖而出。他逐颗将爆米花往嘴里送,专心致志地盯着演奏台,仿佛在欣赏市政厅剧院里的高雅歌剧。演出结束后,人群四散,伊莎贝尔仔细地打量起安东尼奥——羊驼毛西装,普通的鞋子,手臂正被一位年长的女士挽着。

刚踏进文具店的那几次，迎接伊莎贝尔的总是欧拉利娅夫人噘着的嘴。妇人每天除了起身上一次厕所外，其余时间都钉在收银机前。但当安东尼奥的母亲得知眼前这位姑娘的家世后，噘着的嘴唇立马放松下来，绽出亲切的笑容，随后又再次费劲地噘起：Bonjour, comment allez-vous? A bientot, a bientot!（早上好，你都好吗？再见，期待很快能再见到你！）

让·布基儿的银行账户中有许许多多张1000雷斯纸币，他不单是个会赚钱的生意精，更清楚什么该买，什么不该买。他家房子从正门到路边的区域是整条邦芬伯爵大街上最奢华的，而正门以内的部分是最朴素的。他会检视收到的信件，将没有敲上邮戳的邮票撕下，以便再寄信时能重复利用。他18岁起就一直穿着的那双鞋经历了诡异的变形过程：如果鞋底走穿，他就换上新鞋底；如果鞋底状态良好鞋面开裂，他就更换鞋面。如此循环往复。今天泡过的咖啡粉滤一下明天泡第二次。在为数不多的外出就餐中，他会把盘子舔得干干净净。就算一粒米也是花钱买的，凭什么留给餐厅。

打着投资名号前往巴黎旅行是让·布基儿在金钱上唯一的放纵。让有三个待嫁的女儿，两大洲间的来来回回能增加她们觅得一段良缘的概率。况且，巴黎的住宿是免费的，所有人住在让的兄长，雅克·布基儿家中，他同样是一位成功的书商。当然，让一直秉持着"礼尚往来，往而不来"的原则："哦哥哥，别来巴西，你应该不想将自己和家人置于危险中吧。里约是个乌烟瘴气的地方,小巷中恶臭的气味能把人熏死,连吹起的风里都携带着传染病,你们外国人的身体可吃不消。太可怕了,真是太可怕了!"

伊莎贝尔和安东尼奥之间的关系不像恋爱,准确地说,更似一种火花。某个下雨的周三,欧拉利娅将伊莎贝尔领至安东尼奥面前,让儿子带姑娘到文具店的仓库中挑选记事本:"橱窗里的本子都被太阳晒褪色了,你让伊莎贝尔看看上礼拜刚到的新款,蒂诺科把它们放在店后面的架子上了。"欧拉利娅尽力为两人制造独处的机会。

仓库内,一盏小灯散发出微弱的光,雨水淅淅沥沥地击打着天花板,为整个逼仄的空间平添了几分孤寂。当安东尼奥向客人展示成堆的记事本时,伊莎贝尔的手臂轻擦过他的身体,一下又一下,没有要停止的意思。伴随着若有似无的轻触,安东尼奥觉得肚子里的器官开始翻筋斗,火辣的灼烧感爬上脖子。几秒后,那股炙热演变成可怕的奇痒,他用指甲使劲地抓挠也无法缓解。伊莎贝尔当时的内心活动始终是个谜,在发起无休止的肢体攻势时,她的眼睛仍兴致盎然地望着那堆记事本,仿佛正在欣赏市政厅剧院里的高雅歌剧。

恍惚间,安东尼奥根本无法思考为什么肚子里的器官会翻筋斗,脖子会奇痒难耐。伊莎贝尔也丢了魂似的,无心理会父亲的埋怨。当看到女儿手中拿着记事本时,让·布基儿可坐不住了,家里有那么多包面包的纸，用来记东西再合适不过，伊莎贝尔为什么还要浪费钱买记事本！

仓库迷情后的第二天，让·布基儿突然中风，腰以下全部瘫痪。当不幸的书商意识到必须雇用一个新经理看管书店，让医生上门治病，吃那么多种药，找护工照顾自己时，他在心里算出笔总账，觉得还是死了划算。

他的遗孀和女儿们在葬礼上哭天抢地，愤怒的泪水糊满脸庞。让·布基儿将大部分财产转至哥哥名下，他的妻子只得到几张1000雷斯的纸币。寡妇必须尽快作出决定，是头顶富太太的名号大肆挥霍个五年，享受自己从未体验过的生活；还是继续过丈夫在世时的日子，拿着这笔钱节俭地走完一生。

当伊莎贝尔双眼通红地重回文具店时，让·布基儿去世的消息和遗嘱的内容早已传遍街坊邻里。欧拉利娅夫人噘着嘴巴，提不起一丝说法语的欲望。姑娘明白，她再也不会有机会站在店后的仓库里，和那个人一起挑选记事本了。

时间推着一切往前走。安东尼奥脖子上因为搔痒留下的抓痕已经愈合，他的牙齿变黄，原本让人血脉偾张的胸肌不再有型。蒂茹卡的几栋房屋被推倒，上面正盖起三层小平楼。欧拉利娅夫人也离开收银机，在一台收音机旁找到了自己新的生活方式。

某个周五午后，欧拉利娅来到文具店，旁边跟着一个红头发姑娘。姑娘身穿象牙白真丝连衣裙，一对大珍珠耳环垂在耳朵上。

"安东尼奥,瞧谁来了。恩里克塔!"

恩里克塔是安东尼奥父亲那边的远房表妹。一表三千里,恩里克塔的家族仍旧十分富庶。姑娘蓄着利落的短发,一双眼睛细而长,她羞怯地看向安东尼奥,欲笑还休。

"你记得恩里克塔吗,记得吗?她家住在格洛利亚,我们以前经常去那儿过圣诞,记得吗?我们还到她家附近的松树林里野餐,就是为你哥哥庆生的那次,记得吗?"

安东尼奥早不记得什么野餐了,他模糊的记忆中只有一间大厅,大厅里立着一棵快要顶破天花板的圣诞树,父亲拦下斟香槟的侍者,一个比自己还高的小女孩脚穿矫形靴不停踢他的小腿。

随后的数十年间,恩里克塔摆脱了扁平足,出落成一个漂亮的大姑娘,且一直漂亮着。当时,美貌对超过三十岁的女性并不友好,但似乎特别优待恩里克塔,她是那个时代里极少数拒绝变老的女人之一,岁月流逝,脸上始终泛着不同寻常的年轻光彩。恩里克塔拥有一切变幸福的资本,却身陷绝望,她很后悔,后悔在女人们本该将就的年代活得太过挑剔。整个青年时期,她回绝掉一个又一个不合适的未婚夫。这个太高,这个太矮,那个太丑,另一个更丑,还有,这些人,他们所有人,都无趣得要死。没有一个男人入得了她的眼。一年年过去,当恩里克塔长出两三根白头发时,便轮到那些无趣先生瞧不上她了。

当面对孤独终老的可能性,像她的两个老处女阿姨一样,余生在甜品和吹垢索瘵中度过时，恩里克塔独立自主的信念土崩瓦解。她开始时刻提醒自己，必须结婚，不然恩里克塔·德·巴杜阿·德·阿尔布凯基·拉塞达的名字就倒过来写。正因为她的名字是恩里克塔·德·巴杜阿·德·阿尔布凯基·拉塞达，女人知道，找个人嫁了并不难。她的抽屉中放着显赫的家族徽章，她的银行账户里存着巨额遗产，最重要的是，她有很坚定很坚定的、想要过得幸福快乐的决心。她肯定可以找到另一半，她的金钱足以买到一切，包括爱情。

欧拉利娅夫人和恩里克塔确是真心相待。安东尼奥的表姐抛下格洛利亚豪宅中的大厅，整个整个下午窝在小公寓并不宽敞的客厅中。或许这里有她渴求已久的家的温馨。有时，安东尼奥从过道中就能听见两人洪亮的笑声，打开家门，映入眼帘的是桌上的空咖啡杯和吃剩的蛋糕屑。

在恩里克塔和欧拉利娅的午后谈心中，许多故人重获新生。首先是无用先生奥诺弗列，他从道德罪责的漩涡里被救赎，晋升为命运的烈士。他生前的所作所为不是因为缺乏担当，而是生活带给他太多不幸，这才逼得无用先生用酒精麻痹自己。两个女人试图寻找共同话题来丰富漫长的下午时光，而她们间唯一的共同话题是傍晚六点一刻敲开家门，低头走进来的安东尼奥。他道了声"晚上好"，继续低头朝卧室走去。

"哦，安东尼奥，过来和我们坐一会儿！"

安东尼奥婉拒了母亲的邀请，推说自己很忙，他必须把刚从海外寄来的新邮票加进集邮册。当客厅恢复沉寂时，他才从房里出来，晚餐间听着欧拉利娅对表姐恩里克塔毫不吝惜的赞美：她环游过世界，她在彼得罗波利斯山区有一栋房子。她去葡萄牙波尔图进修学习，她有一辆福特1934。

母亲讲得眉飞色舞，安东尼奥的不适感却不断加剧。一阵瘙痒从他的腰间升起，顺着胸肌向脖子蔓延。他将勺子放在桌上，腾出手去抓挠。

几周的时间里，安东尼奥瘦了一圈。他经常晚饭吃到一半便放下碗筷，用手撕扯颈间即将剥落的死皮。欧拉利娅望着天，向圣母玛利亚祷告，祈盼儿子能少遭些罪。她将氧化锌软膏和玉米面混合，敷在安东尼奥的伤口上，但没什么用。于是她将玉米面换成燕麦糊，不久，又将燕麦糊换成爽身粉，将爽身粉换成小麦粉，将小麦粉换成维E霜，将维E霜换成玫瑰润肤露，将玫瑰润肤露换成樟脑玉米糊乳液。

某个三月的下午，恩里克塔和欧拉利娅坐在客厅里闲话家常，蒂茹卡的天空以迅雷不及掩耳之势暗沉下来，人们期盼了一个月的雨水倾盆而下，势头又猛又急。恩里克塔慌忙起身准备离开，欧拉利娅摆摆手，示意她坐下。她怎么可能让姑娘这个时候出门，让她去外面积水成河的道路上游泳吗？恩里克塔坚持要走，欧拉利娅坚持要留，走—留—走—留，几分钟的推拉后，两人都知道，这次的来访不会那么快结束。

"今天你和我们一起吃晚饭。"

这是一个绝佳时机，能将女人间的双边对话升级到融洽的三边谈话。由于停电，客厅里点起蜡烛。最后，三边谈话变成双人烛光晚餐，欧拉利娅以偏头痛为由回房休息了，男人不情不愿地坐上饭桌的另一端。当突然的光亮重回客厅时，几乎在晃眼的瞬间，恩里克塔就明白了表弟的心意，快到安东尼奥还没来得及抬头，一只手仍搭着脖颈。恩里克塔离开座位，走到安东尼奥身旁，在他的脸颊上落下一吻。一个不会让男人心潮澎湃的吻，一个来自姐姐的吻。

第二天，安东尼奥脖子上的伤口开始好转。几周后，恩里克塔登上前往纽约的轮船，她打算去那座城市小住几月。她听说在那里，所有30多岁的女子都活得如20岁般洒脱。恩里克塔走了，再也没有回来。

随后的几年间，母子俩过着平静的生活。欧拉利娅有她的收音机和药丸，安东尼奥有他的文具和尤莉迪丝。尤莉迪丝，他远远关注暗暗倾慕的女人，怕是这辈子都无法属于他了。

*

那个冬天，多年的安宁被打破。安东尼奥在吉达面前变得口吃，欧拉利娅则再次疾病缠身——血压骤降，血糖陡升，还有，她要如何从肠道奇怪的异响中幸存？她已时日不多。

"好好珍惜我所剩无几的日子吧。"老母亲躺在毯子下，戚戚地望着安东尼奥。

欧拉利娅的话半真半假，因为没有人的死期在日历上标明。或许，更应该说，欧拉利娅的谎言半真半假，有两件事她一生都不想经历：一是死，二是看着儿子步入婚姻殿堂。

可能是受够了母亲悲春伤秋的性格，也可能除去邮票和文具，男人还渴求更多东西，安东尼奥不再竖起双耳，用心聆听欧拉利娅说的每一句话。他为母亲量好体温，测好血压，喂好药，煮好粥（没有盐，没有香料，没有油，连米也没有几粒的粥，似乎清淡过了头），然后洗手，套上衣服，火速地溜去见吉达。

吉达·古斯芒。她是谁？是尤莉迪丝的姐姐，欧拉利娅十分不喜欢的尤莉迪丝的姐姐。这个吉达悄无声息地混到安东尼奥面前，已婚妇女的气味躲过了欧拉利娅对年轻姑娘的敏锐嗅觉。她与那个女人素昧平生，但从好友泽丽娅那儿得到许多可靠的消息：吉达涂着红色指甲油，有一个十几岁的儿子。她从不做礼拜，去集市也要化妆。走路时上下颤动的双峰比圣诞火鸡还丰满，这对胸看上去比她的人都大，完全秒杀整个街区的女同胞。真是做作的妖精！这个吉达和她的妹妹一样做作，只是惹人厌的方式不同而已。尤莉迪丝只知道待在自己的世界里扭捏作态，而吉达则想成为全世界最漂亮的女人,比我们所有人都漂亮的女人!

欧拉利娅内心凄苦地和吉达较着劲。呵,如果这个女人觉得除了手牵手散步外还能和我的安东尼奥发生些别的什么她就错了,大错特错!欧拉利娅每天自言自语道。安东尼奥永远不会抛下我,他永远不会离开这间公寓。她不停地重复着。

欧拉利娅魔咒和之前一样发功,隔着几条街道对狐狸精作法。而吉达早就留意到老母亲病态的专制,她坚信安东尼奥总有一天会变成自己的。他迟早将属于我,全身上下都属于我。吉达每天自言自语道。只属于我一个人。她不停地重复着。

一边,欧拉利娅的身体状况迅速变差;一边,吉达的魅力与日俱增。某天夜里,在哥伦布咖啡馆内你侬我侬了一番后,吉达和安东尼奥坐进瑞士之家餐厅,就着烛光品尝起美味的奶酪火锅。这时,一位服务员走到他们身边。

"是安东尼奥·拉塞达先生吗?"

"没错,是我。"

"您的母亲打电话到店里找您。"

"时间到了,时间到了,"欧拉利娅急促的声音从电话那头传来,"我的胸正在抽搐,我喘不上气。还有几个小时,哦,不,几分钟,还有几分钟我就要死了!快回来见我最后一面,记得叫神父替我施行临终涂油礼!"

安东尼奥飞奔着穿过信号灯,闯进圣器房摇醒神父,三步并作两步跑上楼梯,心急火燎地踢开房门,发现母亲正坐在沙发上打毛线。

"我差点因为肺气肿送命。"她抱怨道,头也没抬。

一边,欧拉利娅几乎每月病危一次;一边,吉达越来越年轻,越来越美丽。身上的连衣裙裹不住她的酥胸,纤纤玉腿越发修长,脸上的笑容无限放大,璀璨地晃人眼球。不知多少次,安东尼奥迷失在吉达上下齿间的缝隙里,甚至连尤莉迪丝也被抛至九霄云外。他发现自己的健忘症在加重,吉达让他体味到生活真正的滋味,尤其当胸罩搭扣被解开时,安东尼奥丢了魂。

在那对涌动的胸、那双大开的腿和那两瓣富有弹性的臀肉间,安东尼奥忘记了尤莉迪丝,忘记了母亲,忘记了难耐的奇痒。但当吉达再次提起诸如"承诺"这类实际的字眼时,他慌张地转移了话题。见状,吉达头也不回地离开,拒绝男人再触碰自己。这让食髓知味的安东尼奥抓狂,失控间,他忘记了更多东西,比如向恋人求婚的严重后果。那几个词闪过男人的大脑,未经细想便脱口而出。话音刚落,后悔夹杂着畅快袭上安东尼奥的心头,他松了口气。

"我愿意,我愿意,我愿意!"吉达张开双臂,将可怜的男人扑了个满怀。

她是最后的胜利者。

*

吉达说完我愿意我愿意我愿意后皱了皱眉。自己和马科斯的婚姻还在存续期,她必须立马提出离婚申请。

在刚被抛弃的几年间,吉达多次回顾和马科斯的婚姻生活,试着反省她是否做错了什么,是否错得太多,才导致丈夫最终不管不顾地逃离。她找不到任何原因,每次,吉达只会得出同一个结论:除却王八蛋、怪人、厚脸皮、蛆虫外,马科斯还是个懦弱无能的生物,"娘娘腔"这个称号简直就是为他量身打造的。

娘娘腔马科斯不具备任何独立生活的能耐,最后只好返回博塔福古。我当时去老宅找他的时候,这家伙一定躲进天鹅绒窗帘后面不敢出来。吉达想得没错,马科斯的确躲在窗帘后,无动于衷地听着门卫告诉妻子他没有回过父母家。当吉达转身朝电车站走去时,马科斯拂开面前的窗帘。蓦地,吉达有些伛偻的背影闯入他的视线,有那么几秒马科斯真的想过跑出去将她护进怀里。但几秒后,他决定还是喝杯咖啡吧。

如果娘娘腔已经回到博塔福古豪宅的话,我的离婚申请就该寄去那儿。吉达思前想后,不知如何起草这份申请书。每当她准备把脑中还不错的想法付诸纸上时,握着笔的手总是僵持不前。最后,她决定只写"我想签离婚申请书"。言简意赅,无须赘言。

可吉达一提笔,她的右手便被前所未有的连贯性支配,洋洋洒洒地写满四页纸，仿佛患上自动书写症般流畅快速。她发泄着十几年间所有的伤痛——不知何时到头的困苦，缺乏男子汉气概的丈夫，埃斯塔西奥难挨的岁月。现在她对马科斯别无所图，只希望他能还她自由身。写到高潮时，吉达将儿子搬了出来，并强调是自己一把屎一把尿把他拉扯长大。"孩子的名字是弗朗西斯科·古斯芒，一双眼睛随你。除此以外，你们没有一星半点的相像之处。"

吉达的书信来得正是时候。马科斯也刚好在找她，怀着同样的目的。他要和自己的二表妹正式成婚，那个女人名叫玛丽娅·埃斯特尔。

几周后，马科斯和吉达在法官面前重逢。十几年后的再次相见，说是相见，却更像视而不见。马科斯用余光勾勒出女人的轮廓，眼神飘忽不定，投向大厅里所有不是吉达的地方。吉达目不转睛地直视法官，签署文件时才移开眼。马科斯接过笔，笔杆上仍留有吉达右手的余温。他颤抖着写下自己的名字。

离婚后，马科斯搬去和表妹同住。婚房是一栋位于科帕卡巴纳海滩区的空中别墅。或许是因为荷尔蒙分泌紊乱，或许是因为神经过度紧绷，或许是因为又将重新担起两人生活的责任，房前新艺术风格的铁栅栏门让新郎有一种坐牢的错觉。婚后，玛丽娅·埃斯特尔性情大变。她放任唇上的小胡子疯长，粗鲁地打嗝儿，像一尊大佛似的坐进沙发靠垫间，差遣用人和丈夫做这做那。马科斯唯一的慰藉是他走出家门后仍享有自由。戈多伊先生在政府里为儿子腾了个职位，一份只需要混日子的工作。马科斯每天待在共和国广场上的办公室内，握着笔用力地往横线笔记本上画画，沉溺于井字游戏中。有时，他会想起自己从未谋面的儿子，心中默默计算着他的年龄，不知道这样的算术是为了想象孩子如今的模样，还是他逃离吉达后的那段时光。

对吉达来说，她认为有必要把马科斯的事告诉安东尼奥。那几天，女人绞着双手，从房间的这头踱到那头，又从那头踱回这头，思忖着最佳的坦白方式。每隔几秒，她的鼻子都差点撞上墙，却仍想不出该如何开口。吉达向妹妹求助，尤莉迪丝用一句话结束了她的焦虑："坦白真相的最佳方式就是坦率、直白地说出真相。"

那个周四上午，吉达将西科送到校门口后朝文具店走去，她要向未婚夫坦率、直白地说出真相。当安东尼奥看见女人眼中的忐忑时，当即吩咐小工蒂诺科早些回家，他锁上文具店，并在大门口挂了一块牌子：有事外出，马上回来。

两人坐在文具店的深处，吉达目视地板，绞着手向安东尼奥坦率、直白地道出真相。是的，她曾是一个疯狂的孩子，一个不计后果的孩子：年纪轻轻就离家出走，只为和一个自诩是她未来靠山的男人结婚。而这座大靠山不过是个投机取巧的小人，无情地抛下吉达和她肚里的孩子，并对他们造成难以磨灭的伤害。起初只是年轻母亲一人伤心欲绝，随后伤害延续到脆弱的孩子身上，母子俩的日常生活因为物质匮乏而变得痛苦不堪。吉达不得不独自撑起一个家,于是,她成了里奥孔普里杜一间男装店的收银员,遇到了老板阿米拉夫人。

吉达抬起眼,直面未婚夫。

"亲爱的,所以我们不能结婚。我非常想嫁给你,可我结过婚,无法再婚[1]。但我向你保证,余生都会做你最忠诚的伴侣。但我们永远不会踏进教堂,永远不会在太平绅士面前宣誓。"

吉达嘴巴开开合合的过程中,安东尼奥心里悬着的石头缓缓落地。他爱的女人不能,永远不能和自己结婚,他们不会有正式的婚姻关系。他不用签署婚书,不用站到法官面前发誓,不用听从神父那些暗含威胁的话语:"照主旨意,二人合为一体,除却死亡,今生今世不得分离。"几周内第一次,令人发指的瘙痒停止了对他的攻击。安东尼奥握住吉达的手,露出他此生最灿烂的笑容,同意,他同意永远不和她结婚。两人紧紧拥抱在一起,吉达被安东尼奥脖子上的玉米面蹭花了脸,但他们都毫不在意,因为从今天起,这黏糊糊的东西将再无用武之地。

*

那年五月,安东尼奥和吉达向蒂茹卡的街坊们宣布了婚讯。

---

[1] 在当时的宗教信仰和舆论风俗的大环境下,寡妇可以再嫁,但离异妇女再婚不被允许,且会受千夫所指。

依吉达所言，他们将前往葡萄牙举办婚礼。吉达的祖母是一位虔诚的教徒，连续几个月跪地不起，磨破了膝盖上的皮，只求圣母法蒂玛能赐给孙女第二个丈夫，像第一任丈夫尼卡诺尔那样完美的男人。如今愿望成真，小两口必须去葡萄牙的法蒂玛城，在祖母信奉一生的圣母面前还愿。

葡萄牙之行经历着一系列的变动，安东尼奥和吉达对此守口如瓶。欧洲的法蒂玛变成了巴西的坎普斯-杜若尔当，教堂中的婚礼变成了维拉英格勒萨酒店内的卿卿我我，两周的时间里他们几乎足不出户，如此便不用担心会偶遇熟人。

并非所有人都相信这段传言中的美满婚姻。一些女人对圣母法蒂玛的红娘属性深表震惊，向来以人类大局为重，只关心诸如战争，上帝最后审判日的女圣人居然有闲情逸致管起了男女间的情爱？另一些女人则对这场没有宾客的婚礼持观望态度——就连安东尼奥的母亲也不在场。还有一些女人对新郎的冷酷无情义愤填膺，一个49岁的男人怎么忍心抛下年迈的母亲这么多天，他以为把老太太扔给两个轮流值班的护士就完事了？

那些日子里，质疑声四起。然而，整个街区中无人能证实安东尼奥和吉达的故事是假的。她们唯一确定的只有：吉达左手上的大婚戒是纯金的。

12

没有人确切地知道什么先发生，什么后发生。真相在时间和空间中交错，最后连亲历者都无法说清原委。一个目击者说事实是这样的，另一个又说是那样的。而所有人唯一达成的共识只有：这些事确实发生了。

那些混沌的职场岁月便是如此。安德诺尔，一个被囚禁于奴隶肉身中的贵族灵魂，通过了所有抗压测试、能力考验，在巴西银行最高管理层的政治花招间过五关斩六将。他的办公桌以肉眼难以觉察的龟速蜕变着，几年后，人们才惊觉，那张桌子已变得那么大，并且被搬至更加通风。离大窗户更近的区域。

通过几十年的不懈坚持和奋斗，那张桌子最终在一间单人办公室中安家落户，每天安静地立于三月一日大街上的银行总部内，被透过五扇新古典主义风格窗户洒进来的晨光拂照着。一位脚蹬黑色高跟鞋的女秘书坐在另一间稍小的办公室里，将上司与其余公务员隔开。如今，比起公务人员，安德诺尔更像一名公众人物。

被晋升为巴西银行的副行长是安德诺尔意料之中的事。他始终被一种宿命感指引着：自己注定会走进那间铺满波斯地毯的办公室，坐上那把真皮的老板椅。他的所获所得遵循了事物的自然顺序，他只需躺在河中，顺流而下。而这条人生之河，从安德诺尔会背九九乘法表起，就没翻起过逆流。

差不多在这个时候，安德诺尔从一个真相探寻者变成了真相掌权者。阿吉亚尔家居店的鞋子是最好的，艾默生的收音机比不上美国通用的。氧化锌软膏是"万金油"，玫瑰润肤露是"垃圾"。其他人的意见关他什么事，安德诺尔会毫不留情地打断耳旁的嗡嗡声："不要反驳我，不要反驳我！美国通用的收音机是最好的，没有为什么，它就是！"阿方索是个三好学生，他的分数不可能这么低，一定是成绩单印错了。塞西莉娅是个模范女孩，她的口红不可能花掉，一定是被女朋友撞到脸了。而尤莉迪丝，之所以能成为一个坐拥一切、无忧无虑的女人都得感谢他，因为他，安德诺尔，家中的面粉罐才会满满当当，勺子都探不到底。不愁钱不愁吃不愁穿，所以他的妻子才会那么幸福。

尤莉迪丝无奈地看向丈夫，仿佛眼前站着一个无可救药之人。她移开视线，目光在客厅里漫无目的地游移，最后落于书架前。她的愁绪曾因姐姐的归来得到纾解，又随着姐姐搬去安东尼奥家再次萦怀。整栋屋子重回寂静,每天再次比二十四小时漫长。安德诺尔有工作,达斯·多勒斯有家务,孩子们有自己的生活,而她尤莉迪丝呢,她有什么?

她有那些下午,静坐于客厅内盯着书架的下午。达斯·多勒斯时不时会从厨房里探出头,看看女主人是否安好。她脚穿拖鞋踢踢踏踏地走进客厅,双臂搭在肚子上,一只手握着木勺。尤莉迪丝并未注意到达斯·多勒斯,又或者,故意对她视而不见。老女佣有些伤心地转过身,一边摇头一边往厨房走去。当塞西莉娅和阿方索回到家时,尤莉迪丝假装左顾右盼,当安德诺尔回到家时,女人伪装得更甚,她不想给丈夫任何和解的机会。

或许因为永恒不变的诚心:年复一年,坐在同一个位置上,望着书架形状的虚无。或许因为命中注定。总之,新一轮的放空中,尤莉迪丝感受到身心的微变。刚开始像谁往她心间轻挠了一下又突然收回手,一种稍纵即逝,来不及捕捉的变化。只有当她固定于同一个位置,聚焦在同一个点上时,那丝感觉才会闪现。

于是,尤莉迪丝继续坐到书架前,目空一切,等待那种感觉再次降临。每次它都如约而至,并且在空寂中潜滋暗长,直到最后,尤莉迪丝已能清晰地感知它。她看见了,她能看见这份感觉!它就是上帝赐予的,穿透万物的洞察力。

她看见了书架形状的虚无渐渐聚成实体。

她看见了书架中正各抒所见的灵魂。

尤莉迪丝站起身，伸出右手从一排书脊上拂过。陀斯妥耶夫斯基、托尔斯泰、福楼拜。吉尔贝托·弗雷雷、卡约·布拉多·儒尼奥尔、安东尼奥·坎迪多。弗吉尼亚·伍尔芙、乔治·艾略特、西蒙娜·德·波伏娃、简·奥斯汀。马查多·德·阿西斯、利马·巴雷托，海明威、斯坦贝克。一些书她读过却记不起内容，另一些书她买来却忘了去读。还有一些书是安德诺尔添上的，他买书就像别人买灯泡：家中能有几个世上最伟大的思想家多好，说不定某天我们会需要他们。

真是一间相当不错的图书馆。尤莉迪丝取下一本书，坐回沙发。这么多年来，第一次，她心无杂念地沉浸于书页间。随后又取下一本，再一本……她运用想象力将所读之书的内容串联，在脑海中铺开一个风起云涌的文学盛世。

这次，尤莉迪丝套上众多连衣裙中的一件，去市中心买了台打字机。回到家后，她走进书房，将书桌清理干净，甚至连安德诺尔领土范围内的东西也不放过。她吩咐达斯·多勒斯把那些会计教科书搬去别处，牛脾气的安德诺尔从18岁起就像对待宝贝似的珍藏着这些书。好利获得牌打字机被搁上桌，一整个下午，尤莉迪丝端坐在椅子上，沉迷于遣词造句。这"嗒嗒嗒"的声音真是悦耳。达斯·多勒斯替女主人感到高兴。每当打字机的敲击声响起时，便不会再有人呆坐于客厅中，直愣愣地望着书架了。

"嗒嗒嗒"成了那段时间里的主旋律。起先还有些散漫，这里一声"嗒"那里一声"嗒"。不久,断断续续的单音节合成连贯酣畅的乐律,一串串"嗒嗒嗒嗒嗒嗒"将午后每一寸时光的缝隙填满。这声音太强劲、太有力了,以至于所有听见的人都不忍将它归为噪音。

除却写作,尤莉迪丝还为自己的双手布置了新任务——躲进一楼的浴室内点燃一根烟。从人生那个阶段开始抽烟的感觉甚为美妙。每一口都是她对自由的呐喊,从心底腾起,在体内叫嚣,最终和着烟雾被吐入空中,无声地消散。她的牙齿渐渐变黄,身上总萦绕着一股安德诺尔不知如何定义的薄荷气息。她的眼神也变得愈加从容,那是吞云吐雾带给她的怡然,是读完万卷书后对世事的宠辱不惊。

唯一知道尤莉迪丝抽烟的人是达斯·多勒斯,尽管她从未亲眼所见,只偶尔嗅到气味。她看见女主人将自己反锁于浴室内,一股若有似无的烟草香从排气扇中飘出,随后是"扑哧扑哧"朝空气里喷香水的声音。尤莉迪丝掩耳盗铃,以为这样就能骗过达斯·多勒斯。女用人对此装聋作哑,尤莉迪丝夫人的苦闷她都看在眼里,女主人好不容易找到逃离郁结的方法,她怎忍心破坏。自己不也一样,每当不顺心的时候——丈夫现身家中,抢夺钱,用扫帚抽打孩子们——是安德诺尔先生吧台上的瓶瓶罐罐拯救了她。但达斯·多勒斯从不碰那瓶百龄坛威士忌——因为男主人会在威士忌哭泣夜里喝它——剩余的那些像雕像一样立着的烈酒予求予取。每当瓶中的液体快喝完时,她就拿糖水兑进去。有了这些酒,生活才更容易面对。

尤莉迪丝一听见塞西莉娅和阿方索到家时的开门声便立马从打字机中抽出纸张,将它们锁进书桌的抽屉里,随后赶到客厅,询问孩子们这一天过得怎么样。

"还不错。"阿方索说道。

"我数学考了B。老师说如果继续保持这个成绩,高中入学考试就没什么问题。路易莎今天的法式美甲好看极了,她说是在马利斯巴罗斯大街上的美甲店里做的。妈妈,可以给我买多利瓦·卡伊米的新唱片吗?我好想要啊,妈妈。"塞西莉娅嗲嗲地撒着娇。

不久,安德诺尔也回到家。他亲吻了妻子的额头,去房间换上居家服,踩着拖鞋走进饭厅。一家人坐在一起吃晚饭。"哦,把碗递给我。""今天可真热啊。"

每个人都对尤莉迪丝的新爱好心知肚明,但没人敢问她究竟忙着写些什么。十月的某个夜晚,尤莉迪丝的作品已初具雏形,在杯碟传递、碗盏碰撞间她终于开口满足了所有家庭成员的好奇心。

"我在写一本书,关于一段看不见的故事。"

大家继续沉默地吃着饭。没人对这这本书感兴趣,没人想知道尤莉迪丝是否打算出版它,更没人关心她写的是爱情故事还是冒险故事，当然，也没人敢大声质问："谁给你勇气写作了？"每个人心中都有一杆秤：所有从尤莉迪丝嘴里说出的话中，只有"晚饭准备好了"和"快起来，该上学了"值得重视。她事业上的任何野心仅局限于这栋房屋内，也许有时能走出家门，走向街道，当她的宏图大业是为邻居的生日派对准备奶酪三明治时。

尤莉迪丝并未将家人的反应放在心上。不上心是她人生新阶段的一部分。她继续整日整日地将自己锁进书房，如果没有"嗒嗒"的打字声响起，那是因为她正埋头于书间。偶尔，达斯·多勒斯听见有人说话，便走出厨房准备询问客人是否需要咖啡。当她来到客厅时才发现，那是尤莉迪丝的声音，女主人正站在书房里自言自语。达斯·多勒斯叹了口气，迈着八字脚走回厨房。

尤莉迪丝正和书本说着话："这里写得真好。我不同意这个观点。这章和另一本书的立意更契合。看到没，就是这本。"她面对书页喃喃自语，标注出精彩的段落，在空白处写上心得，有时甚至动用一连串的惊叹号来表达澎湃的读后感。

隔三岔五，尤莉迪丝便会乘上前往国家图书馆的公交车。在阅读室外打开目录档案，快速记下编号，随后沉沦进一本本图书间，不时用从安东尼奥那儿新买的横线笔记本做着摘抄，读读写写，一整天就这样过去。傍晚时分，她合起书，踏上回家的路。尤莉迪丝朝公车站走去，沿途惊起图书馆前一片饥饿的鸽子。但她没有看见鸽子，没有看见车站前的队伍，也没有看见公交车。

她眼里只有读过的文字。尤莉迪丝坐在车厢内，若有所思地望向窗外。

唯一能稍许理解尤莉迪丝这份狂热的人是西科。每当周六家庭聚餐，古斯芒·坎佩罗一家迎来吉达、安东尼奥、西科和欧拉利娅时（最后这位只有不生病时才会出现，而每当尤莉迪丝准备了盐渍鳕鱼，她肯定不会生病），西科总会和姨妈一同走进楼上的书房。没人能听清他们在说些什么，因为房门被掩上了，当然，也并没有人对姨侄俩的谈话感兴趣。

新阶段的尤莉迪丝令人不安，尤其是她的眼神，似乎能洞穿一切，盗走人们压于心底的秘密。但只要家中的大小事务井然有序，只要阿方索定期理发保持校服整洁，只要塞西莉娅的裙长适宜不要高声浪笑，只要安德诺尔的拖鞋和沙发上的靠垫放在该放的地方，尤莉迪丝不介意敛起她高深莫测的目光。

古斯芒·坎佩罗一家最终过上了正常的生活。

好吧。

这不是全部的事实。

这几乎就是全部的事实。

安德诺尔继续不留余力地给自己戴绿帽子，继续在威士忌哭泣夜里喝得烂醉如泥，继续对妻子婚前淫靡的私生活大发雷霆。"那个男人是谁？"他吼道，尤莉迪丝继续重复着同一个答案："那个男人不存在。"只不过如今尤莉迪丝觉得，这些发泄的夜晚似乎对安德诺尔，对她，都好。

某个威士忌哭泣夜里，吉达恰巧在场。当振聋发聩的吼叫声响起时，她将达斯·多勒斯支回家，接过晚饭的餐盘，一个人清洗起来。正当吉达准备把盘子擦干时，尤莉迪丝出现在厨房门口，垂着头。

"安德诺尔总是这副模样，一口咬定我和他结婚时已经不是处女了，因为我第一次没有出血。"

吉达继续擦着盘子。

"我第一次也没出血。"

"什么？"

"我也没有出血。床单上没看到血迹。但马科斯并不在意，"吉达顿了顿，目视着前方，"那几年我们太相爱了。"

尤莉迪丝看向姐姐，仿佛在看一本耐人寻味的书。随后，她将干透的餐具收进橱柜里。

*

尤莉迪丝的稿子们过着宁静的生活，终日躺在书桌黑暗的抽屉中。每天能见到一次阳光，顺便接纳几页新成员。除去打字机发出的响声，书房中落针可闻。可是，白纸上无害的文字似乎拥有神奇的魔力，将一沓沓书稿变成了许多人的心间刺。

许多人便是街区里的其他女人。对泽丽娅的追随者们而言，尤莉迪丝简直不知天高地厚，这个女人的新爱好侮辱了她们所有人。她算老几？不但看起晦涩难懂的文学著作，还异想天开地写着除了蛋糕食谱以外的东西？

尤莉迪丝的所作所为藐视了最基本的邻里法则：一个群体的快乐必须建立在人人均等的基础上，每个成员的银行账户里只能有差不多的余额，大脑中只能装着差不多的志向。

当泽丽娅告诉她们隔壁家传来"嗒嗒嗒"声时，当在街上撞见女邻居手捧那么多本书时，当知道同为蒂茹卡女人的尤莉迪丝居然对街道的各类八卦漠不关心时，乌拉圭大街周遭的女同胞们纷纷感觉被扇了一记耳光。尤莉迪丝胆敢如此傲慢地行事，她一定是疯了。

这个女人丧失理智的证据不胜枚举：尤莉迪丝摒弃了伦理纲常和良好的修养，她竟然继续和刚离婚的弃妇席尔维娅打招呼；甚至对阿美利卡足球俱乐部慈善基金会财务的职位漠然置之，她究竟知不知道这个致力于消除全世界苦难的组织为波莱尔贫民窟中赤着脚的黑人男孩们提供了多少双针织鞋？！

还有一次，艾菲杰妮娅夫人问她手中达·芬奇书店的袋子里装了什么，这个尤莉迪丝居然胆大包天地回答是《莎士比亚全集》和一本《牛津词典》，因为她觉得莎士比亚的作品要读就读英语原版的。

"哦，可怜的尤莉迪丝，"大家叹息道，"现在她连胡思乱想都得用两种语言呢。"所有人都为这个傻女人掬一捧同情的泪。当女邻居们看到尤莉迪丝裹上水绿色的头巾时，兴奋之情更是溢于言表，因为她们能为这个傻女人掬第二捧同情的泪了。她竟然不愿再花一小时坐在梳妆台前涂涂抹抹，两小时待在美发沙龙的塑料蘑菇下蒸蒸烫烫，随后花枝招展地走到街上招摇过市了？她那时的蜂窝头发型真是一言难尽，头顶的大鼓包里好像塞着一条卷起的背心。

不久后，这些女士看到了意料之外的场景。一辆黑猫搬家公司的大货车停在古斯芒·坎佩罗家门前。身穿工装裤手捧大纸箱的工人陆续走下车。看见这一幕的人都屏息凝神，目不斜视，全身的血液开始沸腾。

泽丽娅花费一个半小时掌握到第一手资料。安德诺尔紧张地查看电视机的包装，尤莉迪丝认真地检视装碗的箱子，搬运工们一箱接一箱地将女主人的书往车上抬，累得疝气都快发作了。

"没错，他们正在搬家。"泽丽娅说道。"搬去哪里？"大家问道。

泽丽娅使劲收起脸上的失落。

"搬去依帕内玛。"

依帕内玛。20世纪60年代初，搬往依帕内玛不仅意味着地理位置上几公里的变迁，更像穿越了时空之门，走入另一片天地，一个将里约其他地方衬得无比滞后、无比落魄的新世界。那里的居民是作家、诗人和音乐家；演员、画家和雕塑家；记者、剧作家和电影导演。那里还十分宜居，街区内分布着被矮墙围起的别墅、楼层不高的大厦和一层一户的舒适公寓。依帕内玛的房价是全里约最贵的。

尤莉迪丝和安德诺尔就搬进了其中一套公寓。客厅的六扇窗户朝向大西洋，一条长长的走道连接着四个嵌有内置壁橱的房间，一家人躺在床上便能将室外杏花摇曳的美景尽收眼底。

搬家时大包小包的家用电器让邻居们看清了眼前的事实：古斯芒·坎佩罗一家变得很富有，蒂茹卡中产阶级的社区已容不下这几尊大佛。女邻居们不得不重新评价尤莉迪丝：事实上，她并没有疯。她是一个另类的生物，戴着另类的头巾，写着另类的东西。这个女人太另类了，因为从她身上找不到任何可供她们与自己比较的参数。

像卡洛塔·若阿金娜[1]抛下巴西那样，尤莉迪丝头也不回地离开了蒂茹卡，不带一丝眷恋，尽管这里的街巷间承载着她人生的诸多回忆。然而，蒂茹卡的一切，哪怕是一粒灰尘她都不想带走。清点完大货车内的箱子，尤莉迪丝坐进威利斯双门轿车，朝着南部，绝尘而去。安德诺尔踩下油门的瞬间，有人看见车中的

---

[1] 卡洛塔·若阿金娜（1775—1830），西班牙公主，葡萄牙国王若昂六世的妻子。因某些政治原因逃往巴西，却始终对巴西心怀厌恶，于1821年再次逃回葡萄牙。

女人竖起中指,但尤莉迪丝发誓,自己只是用左手将一团止咳糖的包装纸弹出车窗而已。

不用多时,她就会发现,依帕内玛也有不少鸭嘴兽。但不管怎样,那是一个崭新的街区,里面住着一个崭新的尤莉迪丝,这于她而言,便已意义非凡。

13

婚礼过后,吉达面临着一项新挑战:如何应付婆婆的闲暇时间。而欧拉利娅的闲暇时间差不多是每天每时每分每秒,统统用于钻研如何把儿媳的生活变成地狱。老妇人仍对儿子头脑一热的行为无法释怀。她的安东尼奥,半个世纪以来,可一直是个对自己百依百顺的好孩子哪。吉达与安东尼奥的婚姻让她的健康遭受重创,同时也让她进化成不死鸟。欧拉利娅暗自发誓,这两个人想携手共度一生必须先从自己的尸体上踏过去,而死亡从不在她的计划内。

起初,吉达竭尽所能取悦欧拉利娅。洗澡水太凉?她麻利地往浴缸里倒热水。又太烫?她赶紧拎来一桶冷水。现在有一点凉?倒热水。现在又有一点烫?倒冷水。能屈能伸的儿媳着实让老太太糟心,她总不能抱怨洗澡水太湿吧。炖豆里的汤汁太多了?吉达立马点火将多余的汁水煮干。现在豆粒又太干?她二话不说往里添水。调料不合口味？吉达站到欧拉利娅身边，乖巧地记下大蒜和橄榄油的用量，就差一颗一颗数盐粒来迎合婆婆挑剔的味蕾了。

没过多久，吉达认清一个事实：即使每天数盐粒也无法满足婆婆所有的苛求。起先是洗澡水、炖豆，而后是熨衣服、叠衣服的方式，就连冰箱中食物的摆位欧拉利娅都要干涉。还有那一层她诟病自己没擦干净的灰，一层无人能看见的灰。

吉达万般无奈，只得诉诸上帝。每隔七天便在公寓的卫生间内点亮蜡烛，祈求耶稣基督为她指一条明路，抗战圣徒圣塞巴斯蒂昂维护这个家的和平，危难守护神艾斯佩迪多缓解眼前十万火急的情形，希望之神圣丽塔尽快助自己脱离绝境。这边吉达等待着神明的救援，那边欧拉利娅"咚咚咚"地拍打着门，命令儿媳立刻从卫生间出来，因为尿路感染，她不能远离马桶超过五分钟。

蜡烛燃尽，除了将卫生间的天花板熏黑外，一切如旧。最后，安抚吉达的不是圣人们，而是西科。每当母亲被欧拉利娅刁难时，是西科夜复一夜地将她的脑袋搁在自己腿上，安慰道："一切都会好的，妈妈。"会吗？他也不确定。

几个月后，欧拉利娅的尿路感染恶化，去厕所的途中就会尿失禁。吉达拖完走廊的地板，为婆婆换上干衣服，将她搀到沙发前坐好，把湿内裤扔进水槽里洗净，回到客厅时，迎面对上的却是欧拉利娅那张埋怨的脸，你怎么又浪费那么多水！

命悬一线的危急时刻在这个家里屡见不鲜。周末夜晚，当昏暗的客厅中响起"Besame Mucho"（深深地吻我吧）的第一个音符时，欧拉利娅便毫不迟疑地倒向垂死的边缘。"时间到了，时间到了！"她的尖叫声从卧室中传出。安东尼奥冲进房间，再一次看见母亲正安然无恙地坐在床边。吉达打开灯，左手搭着右臂，一只脚跟随波莱罗舞曲的节拍轻点地面，等待丈夫回来。整曲音乐结束，安东尼奥仍在母亲的房里。

当婆婆大便也开始失禁时，吉达和安东尼奥说了自己的想法。欧拉利娅夫人病得不轻，为什么不把她送进救济院？那里训练有素的专业人员会给予她特殊的看护。

安东尼奥难以置信地看向吉达，仿佛眼前正站着一个外星人。他绝不会抛下母亲，明知赐予自己生命的女人时刻都面临死亡的威胁，却仍把她丢给一群陌生人，而他，这滔天罪行的唯一元凶，怎么有脸高枕无忧？

吉达眼神清明地看向丈夫，仿佛一个近视之人突然恢复了视力。安东尼奥这辈子都挣不开母亲的束缚。婆婆带着不可告人的恶毒心思活在他们身边。对她来说，那根联系自己和小婴儿的脐带已于分娩时被剪断，但对丈夫而言，这份亲情的羁绊将永远存在，永远。

第二天早上，吉达思绪万千地望着坐在电视机前吃椰子糖的婆婆。恐怕只有死亡才能终止她们间的战事。如果评判输赢的标准是谁活得久，吉达无疑占上风。如果是看谁更擅长负隅顽抗，她显然不是欧拉利娅的对手。

有那么一瞬间，吉达脑中闪过一个她不愿细究的念头，那种当事人想也不敢想，却因一声声难以抗拒的召唤而挤进脑海的念头。吉达保证她从未主动有过这种想法，但某些种子一旦没能及时拔除，很快便生根发芽，长成参天大树。吉达并未刻意挑起这个念头，却也没躲避它。它只是一种假设，一个模糊的轮廓，一份如果你问吉达是否会发生，她一定摇着脑袋告诉你绝不会发生的游思妄想。它就是：谁知道我会不会杀了我婆婆呢。

吉达再次提起观察欧拉利娅夫人的兴致。每天一早，老妇人就着咖啡吞下八粒药丸。桌上的糕点屑和照进窗户的晨光惹来她一通牢骚。随后，欧拉利娅打开收音机，坐到电视机前，一边吃着椰子糖，一边抱怨不充足的光线："这个吉达怎么回事？为什么要把窗户关上！"煎牛排的嗞嗞声让她心烦意乱，最心爱的靠垫居然躺在沙发的另一端，离她那么远！正午十二点，欧拉利娅准时用午餐，就着饭吞下十一粒药丸。当看到面前的甜点时，老太太甩给儿媳一个大白眼："又是果冻？！重新端盘真正的甜点来，我可没几天能活了。布丁？周二就让我吃布丁？！想让我得糖尿病吗？你真是巴不得我快点去死啊！"

下午，欧拉利娅夫人坐在窗边，手持遥控器不停换台，一颗接一颗地吃椰子糖，只有想上厕所时才会动动身子。"吉达！卫生间怎么这么臭！你用什么打扫的？意念吗！"下午六点，欧拉利娅准时用晚餐，就着汤吞下九粒药丸，顺便批评一番肉排的调味料。

日子就这么过着，吉达脑中时不时会闪现那个她不愿细究的念头，而欧拉利娅夫人则仍贵为偶尔生命垂危的主权女皇。某个周三下午，一个兜售甜食的黑女人在街上叫卖。

"有太妃糖吗？"欧拉利娅对着窗外喊道。

"有的，有的，老夫人。"黑女人连连点头。闻言，欧拉利娅将儿媳遣出门买糖。

吉达拿着糖果走进厨房，把它们铺在盘子上。"就知道弄脏碗碟。"欧拉利娅斥责道。

吉达叹了口气——最近她只会叹气，都快忘了如何呼吸——再次走进厨房，根据婆婆的命令，往大豆里放三瓣大蒜，半个切碎的洋葱，倒三勺半橄榄油，撒两撮盐。她搅拌着食材，欧拉利娅咀嚼太妃糖的声音从客厅传来。吧唧，吧唧。吧唧，吧唧。吧唧，吧唧。

须臾间，那个吉达不愿细究的念头再次浮现，脑中的一切开始变得混沌不清。吉达觉得，只要能讨婆婆欢心，自己可以亲手做太妃糖，一直做下去，而且谁知道呢，或许，她是说或许，哪天欧拉利娅就被一颗糖噎死了。

现在，吉达每天早上都准备太妃糖。老妇人好似一只可卡犬,眼巴巴地盯着儿媳,等待被投喂更多糖果,鸡蛋里挑骨头什么的她想都懒得去想。要是假牙也会被蛀的话,欧拉利娅的那副一定布满黑色的龋洞。一整天,她嘴中发出的咀嚼声不绝于耳。吧唧,吧唧。吧唧,吧唧。吧唧,吧唧。如果有糖块粘在齿间,她会用手把它抠下来。如果糖块太大,假牙被粘得移了位,她会麻利地将牙重新按上,"咔嗒"一声后继续吃糖。吧唧,吧唧。吧唧,吧唧。咔嗒。吧唧,吧唧。吧唧,吧唧。咔嗒。

太妃糖吹散了吉达欧拉利娅之战的硝烟,但这只是最终一役前的短暂休战。那个周二,吉达正在厨房中烹饪意式米兰炸牛排,欧拉利娅则坐在客厅里嚼着她的太妃糖。一成不变的吧唧声宛如节拍器打出的节奏。吧唧,吧唧。吧唧,吧唧。咔嗒。吧唧,吧唧。吧唧,吧唧。咔嗒。突然,客厅陷入死一般的寂静,几秒后吉达听见重物坠地的声音,伴随着几声呃啊,呃啊,呃啊。

所有的事情又开始变得混沌不清。

当吉达听到那几声呃啊,呃啊,呃啊时,亲爱的读者,她脑中想的和你们一样。但那一瞬,她觉得自己听岔了,于是将剩下的三块牛排放进面粉里,轻哼起巴萨诺瓦(Bossa Nova)小曲。吉达不确定究竟是不合情理的假设让她相信那件可怕的事不可能发生,还是心底太渴望它发生以至于它正在发生时她选择无视,而为了让这件事能彻底发生,吉达必须把剩下的牛排裹上面粉。呃啊,呃啊,呃啊,那个声音再次清晰地响起。吉达猛地从恍惚中惊醒，扔下牛排冲进客厅。是的，那件她日思夜想却又拒绝去想的事，此刻，真的正发生着。原本置于桌边的相框散落一地，欧拉利娅倒在地上，目眦欲裂。她被一块太妃糖噎住了。

一股万劫不复的惶恐感从吉达的脚底蹿起。她用沾满面粉的手撬开婆婆的嘴，往喉间胡乱摸索，什么也没有。她崩溃地将欧拉利娅的假牙甩出几米远，还是什么也没有。吉达拍着婆婆的背，将她头朝地倒置，踉跄地扑到窗边呼救，随后又跑回婆婆身边，继续拍打她。太妃糖就在那里，可那里究竟是哪里！吉达知道有个办法能让欧拉利娅重新喘上气，只需于脖颈某处割开一道口子让空气进入，可天知道，所学的生物知识中，那一刻她能记起的只有颈静脉也在脖子上，万一不小心被她割破了怎么办？与其让吉达确定颈静脉的位置，还不如让她继续找太妃糖卡在哪儿。

邻居们陆续赶来。一些还有机会捶击欧拉利娅的背，另一些只看见老妇人的尸体。半小时后，救护车到了。

婆婆的葬礼上，吉达流下了饱含真情的泪水，她的眼泪为安东尼奥而流，那个站在母亲墓前悲痛低泣的男人，以后将是世上唯一一个冠状动脉硬化外加耳朵长毛的孤儿了吧。夫妻俩按习俗在公寓内守完一周丧。周六晚上，吉达将西科打发去电影院，把"Besame Mucho"（《深深地吻我吧》）的唱盘搁上唱片机。那一夜，安东尼奥终于不再是孤苦伶仃的弃儿。

*

20世纪60年代初的蒂茹卡风平浪静,似乎有些安逸过头。已经好几个月没有年轻姑娘莫名怀孕,要么从街道消失一周,非法堕完胎再回来;要么消失九个月,带着生父不详的私生子重回人们的视野。没有一个女佣因为日益隆起的小腹被辞退,身披一家一当——几件衣服——离开主人家,身陷无人雇用的困境。也没有某家的男主人宣称自己将出国旅行,而他口中的出国不过是去隔壁圣特蕾莎街区的单身汉酒店寻欢作乐罢了。枯燥无味的生活让泽丽娅养成了撕咬手指上肉刺的怪癖。在嗜此不疲的撕扯间,她听到一个八卦,堪称本年度最佳故事,或许,十年最佳。

应表姐之邀,泽丽娅前往圣若阿金教堂参加感恩庆典。典礼上,她和表姐某位嫁给钟表匠的女友人闲聊。钟表匠有一个住在穆达的女客户,这位女客户有一个同父异母的姐姐,她同父异母的姐姐还有一个同母异父的妹妹,正是这位妹妹向她讲述了自己某个女邻居从某个女朋友那儿听来的,关于某个埃斯塔西奥女人一夜间消失的故事。这个女人的轶闻之所以被口口相传是因为她实在太漂亮,太恣意妄为了。作为单亲妈妈,她拒绝众多男人的示好,却搬去和一个曾经的妓女同住,天知道两人于同一屋檐下又做过什么苟且的勾当。据说前妓女的死相触目惊心,或许这就是报应吧。而单亲妈妈也因疏于对儿子的照料导致那个男孩恶疾缠身。大家都说她和当地的药房老板有不正当关系。某次罪恶的幽会中,药店老板误食了藏在巧克力蛋糕,或是玉米面包,或是蛋清布丁里的泻药被紧急送医后,单亲妈妈便人间蒸发了。直到今天,药店老板一提起女人的名字仍会狠狠地攥紧拳头。他说,那个贱人名叫吉达·古斯芒。

吉达·古斯芒。呵,不是一家人不进一家门,一声冷笑从泽丽娅鼻间哼出。原来荡妇不止尤莉迪丝一个。哦,荡妇,荡妇,安德诺尔吼得我耳朵都快生茧了。对了,必须尽快把这个劲爆的消息告诉所有爱听故事的人。

泽丽娅张罗着散布流言,但一周过去了,本次事件的终极目标——吉达和安东尼奥——仍置身事外。欧拉利娅死后,那个小家庭不再参与任何社交活动。托母亲的福,西科发现了电影的乐趣;托妻子的福,安东尼奥发现了婚姻的乐趣。

当泽丽娅走进文具店时,只有小工蒂诺科在收银台后忙碌。

"安东尼奥先生在吗?"

"早上还在,后来身体不舒服回家了。"

几周后,小家庭的成员们重回邻里生活。他们再度关注起周遭的一切,竖着耳朵准备听听其他人的故事,却陡然发现,自己就是"其他人",邻居们谈资中的主角。

那是某个周一上午,安东尼奥站在柜台后算账,店铺的另一端,蒂诺科正用掸子拂去笔记本上的灰尘。脸上写满同情的泽丽娅踏进店门，无心伪装此行的目的，随便要了六支铅笔和一打档案夹索引纸，一声干脆的"早上好"后直奔主题，有板有眼地向店主叙述起吉达不可告人的秘密。她添油加醋地创造出只有苍蝇才可能看见的细节——缱绻的誓言，令人面红耳赤的激吻，数不清的珍珠和绿宝石，女人用更多情话和香吻换取更多珍珠和绿宝石。泽丽娅灵感喷涌，一个药房老板怎么买得起这么多珠宝？她为自己缜密的心思洋洋得意，又往整个故事中加上一个面包师、一个消防部门的官员和一个机车维修工。她还没来得及收尾就被一道怒气冲冲的男声打断。

"这位女士你到底是谁？为什么要来这里恶意中伤我的妻子！"

"哦，安东尼奥先生。我并不是这个意思……"

"现在立刻马上离开我的文具店！"

那天夜里，安东尼奥将泽丽娅荒唐的言行告诉了吉达。说话间，男人唾沫横飞，双目怒睁，对这个世界的恶意愤慨不已。

"在埃斯塔西奥生活，那个像贫民窟一样的埃斯塔西奥！还和妓女同住，拥有戴不过来的珍珠项链和绿宝石戒指，这么歹毒的诽谤她怎么说得出口，我的仙女？"

吉达握着安东尼奥的手向他保证，是的，一切都不是真的。那个女人肯定被妒火冲昏了头脑，是的，一定是这样。神仙眷侣的爱情让她嫉妒到发狂，毕竟不是所有人都能过得如此幸福。吉达将安东尼奥的脑袋揽到胸前，五指插入他的发间，有一下没一下地摩挲。安东尼奥抬起头，看向妻子。

"她所说的都是谎言。对吗？"

"当然。都是谎言。"

安东尼奥再次把头埋入妻子怀中。吉达觉得自己仿佛搂着一个小男孩，一个两鬓已斑白的小男孩，此刻正将耳朵紧贴在她胸前，除了谛听她有节奏的心跳，他什么也不愿去想。

泽丽娅无耻的污蔑和若昂先生对吉达的唾弃就这样被葬进一个无人问津的角落，成了虚构的事实。那个角落里，装着吉达从未以肉身换得的珠宝和她亲手做的，藏有二十三颗泻药，企图让药店老板一命呜呼的椰子蛋糕。那个角落里，也装着埃斯塔西奥一个个繁冗的白天和充满菲洛梅娜痛苦呻吟的夜晚。那个角落里，还装着西科生死存亡的危殆时刻和厨房中没有一米一粟的空柜子。现在，这一切都被认定为子虚乌有。黑暗中，吉达睁开双眼，身侧的丈夫已安然入睡。那个角落真是个完美的地方，吉达对自己说道。就让那些年间的酸甜苦辣永远尘封在里面吧。

14

　　四十年来第一次,亚历山蒂诺上校大街上的果蔬店没能于清晨准时开门迎客。门的里侧,马努埃尔先生倒在地上,四周散落着感知到最初几丝中风信号时被他拂落的苹果。这次中风带走了他身体右侧的行动能力,并让那张从妻子去世后开始扭曲的脸,变得更加乖戾。

　　葡萄牙老头很快发觉,中风最大的后遗症不是瘫痪,而是再也无法掌控自己的命运。三十年河东三十年河西,如果以前马努埃尔先生是发号施令的一家之主,那现在,他只有顺从的份儿。两个女儿决定(在马努埃尔先生看来简直是白日做梦),从今往后,由吉达负责照顾父亲。

　　一辈子眼斜嘴歪都比受窝囊气好,马努埃尔先生不甘心地想着。除了偶尔哼哼几声,他并不打算和女儿说话。吉达坐到床边,努力压下喉间溢出的呜咽,目光复杂地望向床上的老头。眼前的男人是自己十几年苦难的始作俑者之一，当她怀着西科时无情地将她拒之门外。但床上的老头同样是用报纸给她叠纸船的男人，他们叠了好多好多，在那些下大雨的日子里，一起目送小船顺沿圣特蕾莎积满雨水的街道越漂越远；也是眼前这个男人，每当她调皮捣蛋摔破膝盖时，手法熟练地替她包扎伤口；还是他，眼前这个男人，向她描述心脏的形状，教会她如何感知心跳，那是每晚依偎于父亲怀中安睡时，他胸腔的颤动。

有其父必有其女：他躺在床上哼唧，她坐在床边啜泣。他脾气犟得像头牛，她脾气也犟得像头牛。他自认为无所不知，她又何尝不是呢。

只有安娜夫人对父女俩的相似之处喜闻乐见。他们每多像一分，她便掩嘴偷笑一番，只是那句太棒了她从未说出口。彼时，丈夫与她的争论永远围绕着同一个主题："蜜月中我们第一次做的时候你没有出血，婚前你究竟干了什么见不得人的事？我怎么能确定吉达是我女儿？"安娜局促地看着丈夫，对天发誓，除却几个表兄，她没有抱过其他男人。她曾一度认定，是那些拥抱夺走了自己的处子之身。

不久后，他们在里约定居。日子一天天过去，果蔬店的生意渐渐有些起色。安娜一攒够看私人医生的钱就立马预约了一位专家，但当候诊大厅里响起她的名字时，安娜踌躇不安起来。她坐进诊室，绞着双手，尽全力平复翻涌的心绪，斟字酌句地说起那晚的情形。医生根据她只言片语的描述拼凑出新婚之夜的场景。

那是一个刻板的医生，厚镜片让他的眼睛显得细小，双唇严肃地紧抿，丝毫不见展露笑容的趋势。比起病人，他更专注于手中的派克钢笔，连回答问题时也不曾将视线从笔上挪开。他操着和安娜一样的方言，告诉她这种情况的确会发生，不是所有女人的构造都一样，某些女士的私密部位就和其他人不同。譬如那层膜，一些人的是正常厚度，一些人的很薄，还有一小部分人生来便没有。所以，没什么可担心的，那些察觉不到的东西只要确实存在不就行了。她没有任何问题，不必再纠结于此。如果实在无法宽心，他可以开些舒缓神经紧张的药物给她。

当安娜回到果蔬店时，马努埃尔问她今天的就诊是否顺利。

"迪奥杰尼斯大夫说没什么大碍，年纪上去了免不了有些小毛小病，不用过度担心。"

她将舒缓神经紧张的药物推到丈夫面前，套上围裙，朝店铺角落走去。向丈夫坦白此次就诊的真实目的和医生模棱两可的回答超出了安娜勇气所及的范围，也超出了马努埃尔能够承受的极限。

时间是安娜最好的复仇利器。吉达和她的父亲简直是一个模子里刻出来的：同款高颧骨，一样的尖鼻子，每晚入睡前要抖抖腿，感冒时会轻声打鼾。安娜也想要一个和她如出一辙的女儿，天遂人愿，她在尤莉迪丝身上看到了自己。尤其当女孩悲戚地望着窗外，仿佛所有支撑她活下去的理由已不复存在时，那令人心碎的模样安娜再熟悉不过，那种心情她感同身受。少年时的热忱和憧憬被脚上的木屐踩碎，最终，生活在果蔬店开开合合的大门间定格。安娜也曾像尤莉迪丝一样聪慧，一样胸怀大志，可如今，她的生命里只剩下一打打西红柿。

当葡萄牙男人拒绝女儿再次踏入家门时，他何尝好受过。马努埃尔先生被懊恼吞噬，以一种葡萄牙式的悔恨自我凌迟——除了自己不允许任何人看穿他的痛楚。安娜夫人过世后，这种愁思更甚，他变得更像一个葡萄牙人——除了自己不允许任何人看穿他的喜怒哀乐。就这样吧，只要每天能准时坐到果蔬店的柜台后，命里的一切他都可以独自消化。

是吉达提出由她来照料父亲的。安娜夫人辞世时自己离她那么远，连母亲最后一面也没见到，所以当得知父亲中风时，她不想再增加回忆中的怅恨。"妹妹，别担心，我会注意克制暴脾气。"她向尤莉迪丝保证。

举家搬往圣特蕾莎对吉达、安东尼奥和西科不失为一件好事。那年，文具店的营业额下滑。安东尼奥将此归咎于邦芬伯爵大街上新开的马托斯文具之家，而吉达则认为这和泽丽娅到处乱嚼舌根脱不了干系。店铺被挂牌转手，他们用这笔收入在拉兰热拉斯投资了一块土地。随后，三个人搬进果蔬店楼上的公寓，和马努埃尔先生同住。

几个月后，马努埃尔先生大病渐愈，有时大家甚至分不清，他是由于中风后遗症而嘟嘟囔囔，还是仅想发脾气而已。只有西科觉得老头这副讨人嫌的模样分外可爱，他做梦都想有个外公。小伙子喜欢坐在马努埃尔身边，给他念格拉·容凯鲁[1]的诗，这些诗歌是他的最爱：

> 它们应怅而散，
> 飘入天地间，凋残。
> 那些我们曾于母亲胸前筑起的幻境，
> 那座永恒的祭坛。

> 你我的灵魂，不知何时，
> 以何种方式安息！
> 它们仍在彷徨，仍在飘荡，
> 随着滚滚浪涛，涌入无际的海洋！……

西科假装没看见外公濡湿的眼眶。除了贩卖果蔬，身旁的歪嘴老人一生庸碌无为。一得空，他便爱望着大海出神，似乎在滚滚浪涛中寻觅自己飘荡已久的灵魂。

尤莉迪丝每周来探望他们两三次，依旧头裹水绿色薄巾，双

---

[1] 格拉·容凯鲁（1850—1923），葡萄牙政治家、诗人、记者、作家。他的诗歌煽动了导致葡萄牙第一共和国成立的革命起义。

唇间弥漫着薄荷香气。她无法抽出更多时间照顾父亲，因为那时她正忙于攻读里约天主教大学的历史学学士学位，分身乏术。入学第一年，尤莉迪丝是个朝气蓬勃的学生；第二年，略有朝气；第三年，专注学业；第四年，成了彻头彻尾的讽世者。她继续疯狂地写作，1964年的军事政变后，还与西科一同参加过几次学生示威游行。

每逢周日，全家人聚到尤莉迪丝家吃午餐。马努埃尔先生坐在窗边的沙发上，凝望着大西洋，几个小时一动不动。或许他试图从滚滚浪涛中寻觅飘荡已久的灵魂，或许正思念着他的安娜，又或许只是忙于观赏海滩上小妞们的翘臀。现在的姑娘居然敢穿这么短的衣服，世道变咯。塞西莉娅身处客厅，却魂不守舍，状似认真聆听家人间的谈话，实则整颗心扑在电话机上。电话铃响了！可能是某个女朋友约她看电影，又或者——她周六刚参加的那场派对——或者可能是他，哦上帝啊，会是自己心仪的那个他吗！阿方索继续玩深沉。他沉默地吃完午餐，思索着是否该开启一段新恋情。他习惯将女友们带去尼迈耶滨海大道干最后一炮，随后潇洒地挥手和她们说拜拜。安东尼奥总是心情很好，一会儿看看吉达，一会儿看看尤莉迪丝。西科读书，吃饭，和尤莉迪丝说话，离开餐桌。安德诺尔如今活得更加"安德诺尔"，狂妄自大，手握一切，听不得任何人指摘。那些说他犯错的人全给他出来——要是人人都像他这般有水平地犯错，巴西早就成为世界强国了！

达斯·多勒斯跟随主人一家搬至依帕内玛，但第二年便抱恙辞工。据她说，自己的那双腿疼得厉害。尤莉迪丝托旧相识为老女佣在丰当街道医院安排了一次就诊，省掉她七个月的排队时间。貌似达斯·多勒斯需要手术，这是大家知道的唯一信息。安德诺尔和尤莉迪丝不能再雇用一个无法擦净冰箱上方灰尘的用人，他们付清遣散费，又额外多给老女佣好几张克鲁塞罗。达斯·多勒斯就此从这个世上消失了，不声不响地，一如她这些年在雇主家无人留意的岁月。

1964年政变后，尤莉迪丝往自己的文字中倾注了更多愤懑。女人满腔的怒火能从打字机越发强烈的嗒嗒声中窥见一斑。她把一些作品寄给《巴西日报》，却从未等到它们出版。几年后，当一份新刊物——《帕斯金报》[1]横空出世时，尤莉迪丝又跃跃欲试，重拾投稿旧业。可她寄出的稿件仍难逃相同的命运，全都石沉大海。

依帕内玛的生活，她发现，和蒂茹卡的并无大异。靠海的地理位置的确为整个街区带来徐徐凉风，但铺满狗屎的石子路也着实让人心塞。而这一坨坨粪便似乎并不全是狗狗拉的，有几坨，哦不，很多坨，来自当地某些居民的脑袋里。

一个不似以前那般贴心的女儿，一个仅身体发肤受之于己的

---

1 《帕斯金报》，由漫画家塞吉奥·雅瓜里比、记者塔索·迪·卡斯特罗和塞吉奥·卡布拉尔于1968年共同创刊，是巴西最具影响力的反对军事独裁的刊物。

儿子，一个只为亲吻额头而凑近她的丈夫，看着眼前这些最熟悉的陌生人，尤莉迪丝再次往自己的壳里缩了缩，躲进那间书本摞至天花板的房中，一待就是一整天。她余生都没将那块垂在胸前的圣母圆盘取下，即便后来，她放弃了宗教信仰。

　　生活仍在继续。物换星移间，唯有那阵阵声响不曾间断：

　　　　嗒嗒嗒，嗒嗒嗒，嗒嗒嗒……
　　　　嗒嗒嗒，嗒嗒嗒，嗒嗒嗒……
　　　　嗒嗒嗒，嗒嗒嗒，嗒嗒嗒……

作者的话

谁能断言尤莉迪丝的文字不会受到应得的关注？也许，在作者百年之后，会有人帮她完成生前的心愿。可能是塞西莉娅（因为安德诺尔泣下沾襟，自见到玛丽娅·丽塔尸体的那日起，他体内蕴蓄了太多眼泪），当她独自收拾母亲的书房时，终于有时间翻阅起置于抽屉中的稿件。

也可能是西科。阿方索和塞西莉娅委任他整理书房，如果看到感兴趣的书可以带走，毕竟他曾和尤莉迪丝那么亲近。

又或许是阿方索。母亲死后，还未从天旋地转中缓过神来的他，面对尤莉迪丝的衣柜和书稿无所适从："这些稿子归我！衣柜给塞西莉娅！"他自欺欺人地断定，这样便能离母亲的气味远些。

还可能是吉达。阿方索和塞西莉娅请求她保管尤莉迪丝的遗物。要是母亲仍在世，兄妹俩一定会躲进她怀里寻求安慰，嗔闹着拒绝作如此痛苦的选择。可斯人已逝，他们只好期盼姨妈能施以援手。

但绝不会是安德诺尔。他看不得任何与尤莉迪丝有关的东西，只消一眼，便悲不自胜。泪眼婆娑间，男人喃喃道："尤莉迪丝是个伟大的女人，尤莉迪丝是个伟大的女人。"一遍又一遍。

不论如何，倘若某天，谁在书房的大抽屉中发现一捆稿件，并有足够的耐心和智慧逐字读完，他定会明白，这本《一段看不见的历史》，不该蒙尘于某间图书馆内。这本书，是沧海遗珠。

马上扫二维码,关注"**熊猫君**"

和千万读者一起成长吧!

图书在版编目（CIP）数据

我的隐藏人生 / (巴西) 玛莎·巴塔莉娅著；龚沁
伊译. — 上海：文汇出版社，2019.10
　　ISBN 978-7-5496-3000-4

　　Ⅰ.①我… Ⅱ.①玛…②龚… Ⅲ.①长篇小说－巴西－现代 Ⅳ.①I777.45

中国版本图书馆CIP数据核字（2019）第199720号

A Vida Invisível de Eurídice Gusmão © 2016 by Martha Batalha
Simplified Chinese language edition published in agreement with Villas-Boas & Moss Literary Agency&Consultancy, LLC, through The Artemis Agency

Simplified Chinese edition copyright © 2019 Dook Media Group Limited
All rights reserved

中文版权 © 2019 读客文化股份有限公司
经授权，读客文化股份有限公司拥有本书的中文（简体）版权
著作权合同登记号：09-2019-864

我的隐藏人生

作　　者／［巴西］玛莎·巴塔莉娅
译　　者／龚沁伊

责任编辑／徐曙蕾
特邀编辑／夏文彦　　叶启秀
封面装帧／陈艳丽
封面插画／Malika Favre

出版发行／**文匯**出版社
　　　　　上海市威海路 755 号
　　　　　（邮政编码 200041）
经　　销／全国新华书店
印刷装订／北京中科印刷有限公司
版　　次／2019 年 10 月第 1 版
印　　次／2019 年 10 月第 1 次印刷
开　　本／890mm×1270mm　1/32
字　　数／127 千字
印　　张／7

ISBN 978-7-5496-3000-4
定　　价／39.90 元

侵权必究
装订质量问题，请致电010-87681002（免费更换，邮寄到付）